共和国的历程

山城飞兵

重庆解放与渝边剿匪

周丽霞　编写

蓝天出版社　吉林出版集团有限责任公司

图书在版编目（CIP）数据

山城飞兵：重庆解放与渝边剿匪 / 周丽霞编写.
—北京：蓝天出版社，2014. 1（2023.3重印）
（共和国的历程）
ISBN 978-7-5094-1106-3

Ⅰ . ①山… Ⅱ . ①周… Ⅲ . ①革命故事－作品集－中国－当代 Ⅳ .
①I247. 8

中国版本图书馆 CIP 数据核字（2013）第 305487 号

山城飞兵——重庆解放与渝边剿匪

编　　写：周丽霞
策　　划：金永吉　荆忠峰
责任编辑：祖　航　孔庆春
出版发行：蓝天出版社　吉林出版集团有限责任公司
地　　址：北京市复兴路 14 号
邮　　编：100843
电　　话：010—66983715
经　　销：全国新华书店
印　　刷：北京柏玉景印刷制品有限公司
开　　本：710mm×1000mm　1/16
字　　数：69 千
印　　张：8
版　　次：2014 年 4 月第 1 版
印　　次：2023 年 3 月第 3 次
定　　价：29. 80 元

版权所有　翻印必究　如有印装质量问题，请寄本社退换

前　言

中华人民共和国自 1949 年 10 月 1 日成立以来，已走过了六十多年的风雨历程。历史是一面镜子，我们可以从多视角、多侧面对其进行解读。然而有一点是可以肯定的，那就是，半个多世纪以来，在中国共产党的领导下，中国的政治、经济、军事、外交、文化、教育、科技、社会、民生等领域，都发生了深刻的变化，中国人民站起来了，中华民族已屹立于世界民族之林。

这段时间放到整个历史长河中是短暂的，有如弹指一挥间，但它带给中国的却是极不平凡的。六十多年里神州大地经历了沧桑巨变。从开国大典到 60 年国庆盛典，从经济战线上的三大战役到经济总量居世界前列，从对农业、手工业、资本主义工商业的三大改造到社会主义市场经济体制的基本确立，从宜将剩勇追穷寇到建立了强大的国防军，从废除一切不平等条约到独立自主的和平外交政策，从"双百"方针到体制改革后的文化事业欣欣向荣，从扫除文盲到实施科教兴国战略建设新型国家，从翻身解放到实现小康社会，凡此种种，中国人民在每个领域无不留下发展的足迹，写就不朽的诗篇。

六十几年在历史的长河中犹如沧海一粟，但对身处其间的个人却是并非无足轻重的。其间究竟发生了些什么，怎样发生的，过程怎样，结果如何，非人人都清楚知道的。对此，亲身经历者或可鲜活如昨，但对后来者却可能只是一个概念，对某段历史的记忆影像或不存在或是模糊的。基于此，为了让年轻人，特别是青少年永远铭记共和国这段不朽的历史，我们推出了这套《共和国的历程》。

《共和国的历程》虽为故事形式，但与戏说无关，我们是想借助通俗、富于感染力的文字记录这段历史。这套丛书汇集了在共和国历史上具有深刻影响的重大历史事件。在丛书的谋篇布局上，我们尽量选取各个时代具有代表性的或深具普遍意义的若干事件加以叙述，使其能反映共和国发展的全景和脉络。为了使题目的设置不至于因大而空，我们着眼于每一重大历史事件的缘起、过程、结局、时间、地点、人物等，抓住点滴和些许小事，力求通透。

历史是复杂的，事态的发展因素也是多方面的。由于叙述者的视角、文化构成不同，对事件的认知或有不足，但这不会影响我们对整个历史事件的判断和思考，至于它能否清晰地表达出我们编辑这套书的本意，那只能交给读者去评判了。

这套丛书可谓是一部书写红色记忆的读物，它对于了解共和国的历史、中国共产党的英明领导和中国人民的伟大实践都是不可或缺的。同时，这套丛书又是一套普及性读物，既针对重点阅读人群，也适宜在全民中推广。相信它必将在我国开展的全民阅读活动中发挥大的作用，成为装备中小学图书馆、农家书屋、社区书屋、机关及企事业单位职工图书室、连队图书室等的重点选择对象。

编　者

2014 年 1 月

目　录

一、 迂回入川

● 入城大军迈着整齐的步伐，抬着轻重武器，浩浩荡荡、威风凛凛地向城内行进。

● 毛泽东熄了烟头说："哦，总司令，你看这西南的仗怎么打？"

● 朱德望着毛泽东说："主席的意思是不是不从正面进攻……"

二野领导机关进驻重庆

1949 年 12 月 1 日，西南重镇重庆天气晴朗，万里无云，从血泪之中站起来的山城，神采奕奕，焕然一新，阵阵晨风不时带来人们的欢声笑语。

今天，解放军要举行入城仪式。一大早，指战员们就换上了干净的军装，绑腿也打得利利索索，精神抖擞地等待着上级的命令。

9 时，隆重的入城仪式开始了。入城大军迈着整齐的步伐，抬着轻重武器，浩浩荡荡、威风凛凛地向城内行进。

数十万山城人民身着节日盛装，载歌载舞，夹道欢迎。

大军入城后，山城群众抬着毛主席、朱总司令的巨幅画像，高举"刘邓将军万岁"的巨型横幅，在锣鼓声、鞭炮声中，高呼"中国共产党万岁"、"中华人民共和国万岁"、"毛主席万岁"、"朱总司令万岁"、"刘将军万岁"、"邓将军万岁"的口号，在山城的各主要街道上游行。游行活动一直持续到黄昏。

这一天，五星红旗荡涤了愁云惨雾，笑语欢歌驱散了血雨腥风，划时代的日子从这里起步。

重庆解放后，我人民解放军根据刘、邓的第二个围歼胡宗南于成都平原的作战方案，配合从贵阳、遵义、宜宾迂回而来的五兵团，从东、南、西三面对成都之敌实施包围。12 月上旬，在我党长期统战工作和刘伯承、邓小平四项忠告的感召下，云南省主席卢汉、西康省主席刘文辉及西南军政副长官邓锡侯、潘文华、二十二兵团司令郭汝瑰先后率部起义。

眼看南逃之路均被截断，蒋介石慌乱中只好将全权交给胡宗南，自己则于 12 月 10 日乘专机飞到台湾，离开了大陆。

12 月 8 日，我二野领导机关进驻重庆。

12 日，野战军司令部公布 11 月 1 日至 12 月 10 日 40 天川黔作战辉煌战果：

> 歼敌十四兵团部；第六编练司令部及其三个团；十五军直属队一部，一六九师全部，六四师大部，二四三师一部；七十九军直属队一部，一九九师、九八师全部，一九四师一部；二军直属队一部，一六四师及九师大部，七六师一部；一二四军六十师全部，二二三师大部；一一八军五四师全部，二九八师一部；四十九军直属队一部，二四九师全部，三二七师大部，二七五师一部；八十九军一部；四十四军一五〇师全部；一〇八军二四一师大部，二四二师一部；一一〇军一一一师、二六四师全部；独

迂回入川

立二六三师全部；二十一军留守处及一四五师一部；七十二军三四师大部；二十七军三一师、一〇三军二三四师、独立三六七师，一〇九军五一三师、二三〇师等各一部；重庆留防警卫团全部；一军一六七师、七八师及三十军各一部等。

以上共计歼敌正规军一个兵团部，一个编练司令部，4 个军直属队各一部，10 个整师及 37 个师的大部，14 个师的一部，及 4 个整团。人数为 7.6 万余名，解放大小城市 132 座，缴获飞机 17 架……

山城重庆的解放，是毛主席、朱总司令制定的大迁回、大包围、大歼灭的战略的胜利，为大西南全境的解放奠定了基础。

毛泽东、朱德的迂回战略

早在 1949 年夏秋，人民解放军就以雷霆万钧之势，席卷华北、华东和西北、中南大部地区。10 月中旬，已无安身之处的国民党政府由广州迁往重庆，企图割据西南，苟延残喘，以待时局变化，东山再起。

当时蒋介石的川东部署是：

以宋希濂两个兵团共 5 个军的兵力，凭借乌江天险阻挡我军西进；把罗广文兵团的两个军部署在重庆和乌江之间作二线配置；把孙元良兵团的两个军配置在长江以北作策应；重庆除已有第二十军之外，又星夜从川北用汽车运来了蒋介石亲自培植的第一军。

至此，蒋介石对自己的部署非常满意。

北京，中共中央驻地。毛泽东站在一幅巨大的军用地图前沉思，手中的香烟将燃完，他也没有察觉。

朱德来到毛泽东的身边说："是在考虑西南的问题吧？"

毛泽东此时才感觉烟烧了手，他熄了烟头说："哦，总司令，你看这西南的仗怎么打？"

朱德憨厚地笑了笑说："恐怕主席已经成竹在胸了吧！"

毛泽东又点燃一支烟说："蒋介石在华南失利后，一定会固守重庆。西南地区地势险要，物质丰富，人力资源充足，他只有守住这一地区，才能与我们抗衡。"

朱德点头说："虽然如此，但以我军之气势，攻破重庆应该不成问题。"

毛泽东看着地图说："蒋介石现在已是强弩之末，我们要想取重庆当然不是难事。问题是西南山大林深，幅员辽阔，又处于祖国边陲，如果由北向南正面攻击，一是敌人的正面防线，防守必然坚固，敌人势必要作背水之战，我军肯定要付出重大代价；二是即使突破敌人防线，也仅仅是击溃而已，反而成了为渊驱鱼，为丛驱雀，不但给肃清残敌造成极大困难，而且可能让敌人逃亡国外，养痈遗患，永无宁日。"

朱德望着毛泽东说："主席的意思是不是不从正面进攻……"

毛泽东哈哈大笑："真是英雄所见略同。对西南、华南之敌，我们应采取大迂回动作，插至敌后，先完成包围，然后再往回打。"

根据毛泽东和朱德的指示，中央军委于 1949 年 7 月 16 日制订了进军西南的计划："刘邓军主力于 9 月取道湘西、鄂西入川，12 月可占重庆一带。另由贺龙率 10 万人左右入成都，由刘伯承、邓小平、贺龙组成西南局，经营川、滇、黔、康四省。"

其具体部署是：

二野四兵团归四野指挥，担任大迂回任务，

由赣南就势于 10 月出广东，继而出广西迂回白崇禧集团的右侧背，协同四野主力围歼白集团于广西境内，尔后再由广西兜击云南；二野主力待广州解放迫使国民政府迁至重庆后，即于 11 月间广西作战的同时，以大迂回的动作直出贵州，并进占川东、南川，切断胡宗南集团退往云南的道路及与白崇禧集团的联系。位于陕周边之一野部队及华北十八兵团等部，积极吸引住胡宗南集团，将其暂时抑留在秦岭地区，待二野将其退往康滇的后路切断时，即由贺龙、李井泉率领部队，迅速占领川北及成都地区，而后两军协同聚歼该敌。

根据这个部署，二野又制订了三个包围歼敌的具体方案：

第一方案：以五兵团及三兵团之十军直出贵州、川南，切断敌退往云南之道路，尔后协同三兵团作战；以三兵团主力和四野一部直出川东南，并监视与牵制川东地区之敌，尔后会同五兵团包围聚歼川东和重庆地区之敌。

第二方案：三、五兵团等完成上述任务后，立即赶赴成都地区，从东、南、西三面布成袋形阵势，在华北十八兵团的配合下聚歼胡宗南集团于成都平原。

第三方案：四川解放后，除留一部分部队维持地方秩序、肃清残匪外，其余部队则配合从华南方向出击滇南的四兵团围歼西康、云南之敌。

部署确定之后，二野一部即于 8 月中下旬先后从南京出发，从容拉开了西南战役的帷幕。

10 月 5 日，二野指挥机关率三兵团乘火车由南京、徐州向湘西开进。行经郑州时，刘伯承司令员在郑州人民的盛大欢迎会上发表演说，表示西进后将由北入川，解放大西南。新华社向解放区各报发布了刘伯承在郑州公开演说的消息和内容。随即，二野主力改旗易帜，以四野部队番号秘密南下，经长沙向湘西集结。

为了掩护二野从郑州南下，四野一部大张旗鼓、轰轰烈烈地进军中南；贺龙、李井泉、周士第率领十八兵团、陕南军区刘金轩部及七军开始集结秦岭。

这些假象造成了敌人的错觉。加之，二野通过华中地区时，正值四野及二野四兵团进行衡宝战役及广东战役，也有效地掩蔽了二野主力的行踪。

二野主力到郑州后，突然偃旗息鼓，不知去向，蒋介石、胡宗南等一片惊慌。10 月 14 日代总统李宗仁飞抵重庆，27 日亲自主持召开了国民党非常委员会第十一次会议，参加会议的有居正、阎锡山、吴忠信、张群、朱家晔、陈立夫，会议着重讨论了当前军事、政治形势。对二野的去向问题，会议认为："刘伯承、邓小平要么在郑州加紧战前训练和物资准备，要么已经悄悄向川北方向运动，而后突然出现在我阵地前沿，除此别无他途。我们务必进一步加强川北防御，拒敌于川北防线之外。"

10 月底，二野三、五兵团集结湘西后，敌人尚在梦中，按邓小平的说法叫："神不知鬼不觉，何况蒋介石乎？"

为策应主力向广西进军，并配合二野作战，四野决定以四十二、四十七军主力和五十军及湖北军区部队等共九个师的兵力，由湘西和鄂西地区以钳形合击，将宋希濂集团歼灭于彭水、黔江地区。

根据这一情况，二野决定以三兵团主力会同四野部队，由湘鄂边地区向四川迂回，围歼宋希濂集团，尔后西出江津、泸州，与五兵团协同作战。

其部署是：以三兵团主力和四野之四十七军为左路集团，在陈锡联等率领下直出彭水、黔江地区，迂回敌之右侧，协同四野之五十军、四十二军及湖北军区部队所组成的右路集团，会歼宋希濂集团于彭水以东地区。五兵团及三兵团十军在杨勇、苏振华率领下，仍以大迂回动作，直出贵州，夺取贵阳、遵义，进击宜宾、纳溪、泸州，断敌逃往云南的退路。

迂回入川

全力歼灭宋希濂主力

1949 年 11 月 1 日，在广西作战的同时，我军发起了进军川黔的战斗。

进军作战分南北两线。南线第二、四野战军首先于湘西常德地区与鄂西宜昌地区，在北起长江，南至湘、桂、黔边境的千里战线上分兵向川、黔两省发动强大攻势。

北线十八兵团等部兵分四路：一、由秦岭要隘沿川陕公路南下；二、由康县、略阳钳击广元；三、由漳县、岷县直取武都；四、由周至沿汉中古道向南前进。

担任迂回任务的五兵团及三兵团十军，分由湘西的邵阳和桃源地区出动，以突然、迅速的动作，在十日前即挺进至贵州境内，解放了镇远、三穗地区，并直插贵阳、遵义。与此同时，三兵团主力与四野部队亦突破了宋希濂防线的两翼，解放了秀山、酉阳、恩施等城。

我军在北起巴东、南至天柱，宽约 500 公里的地段上多路出击，完全出乎敌人意料，从而打乱了敌人阵脚，粉碎了敌西南整个防御部署。

11 月 2 日，当敌发现我军进军西南的主攻方向不是川北而是川黔东南时，即调整总体部署，可是调重兵于川东南和重庆已经来不及了，遂采取了两条紧急措施：

第一，任命原重庆市长杨森为重庆卫戍总司令，刘雨卿、杨汉城为副总司令，范堃生为参谋长。划重庆市及其附近的巴县、江北、涪陵、长寿、南川、武隆、丰都、合川、璧山、铜梁、永川、江津、荣昌、武胜、广安、綦江、大足、北碚18县为卫戍区，每县成立一个常备师，归杨森指挥。当时卫戍区的基本部队有第二警察总队队长彭斌所率9个步兵团、宪兵二十四团、罗君彤的三六一师、二十军的一三三师、一三四师、七十九师。七十九师是二十军中最精锐的部队，所以命其防守涪陵，从外围加强重庆的防御。一三三师为左翼地区，三六一师为中央地区，彭斌的内一警总队为右翼地区，在重庆南岸，占领由大兴场经黄境还至九龙坡一线的防御阵地，并构筑工事，以阻止解放军渡江。

同时，蒋介石亲自下令紧急抽调汽车，将防守川北地区的胡宗南王牌部队第一军赶运重庆，决心在重庆来一个大会战。同时，成立"反共保民军"5个军。以陈亮、廖泽、周翰熙、刘集涵、黄庆云等分任军长。又在军以上分设三路总指挥，以喻孟群为第一路总指挥，辖第一、二两个军；以夏炯为第二路总指挥，辖第三、四两个军；以许尧卿为第三路总指挥，辖第五军，将各县常备师编归各"反共保民军"建制。通过这一措施，加强对重庆的护卫。

第二，第一线部队退到二线，集中力量防守。黔东部队西撤毕节、织金、贞丰之线；已运动至川北的罗广文兵团立即回头，由大竹地区向川东南增援；宋希濂集团西撤彭水、黔江地区，结合罗广文兵团，依托乌江，阻止解放军前进。

为了不使宋希濂集团有计划地撤退和进行有组织的抵抗，二野领导机关命令各部队排除万难，按原定计划，加速猛进。在广大的川东南边境，一场争速度、争时间的竞赛开始了。

解放军各部队所经过的地区，都是连绵不断的崇山峻岭，交通不便，人烟稀少。且连日阴雨，道路泥泞。再加上敌人在撤退时大肆破坏桥梁道路，到处烧杀抢掠，使我部队行动及供应遇到很大困难，部队体力消耗很大。但解放军全体指战员在"与敌人争速度、抢时间"的口号下，意气风发。

部队间发起了追击速度和歼敌竞赛。有的部队仅日食一餐，但仍忍饥挨饿，争先恐后地追击敌人。同时，由于解放军认真执行了党的新区政策，团结广大人民，利用旧乡保人员，因而广大新区人民积极地为我军筹集粮草、送粮送菜、腾房子、修补道路、维护交通、带路追敌。群众的支持，不仅解决了解放军行进中的各种困难，而且极大地鼓舞了部队士气。

11 月 15 日，五兵团和三兵团十军解放了贵阳、思南等地。而人心涣散、士无斗志的国民党军队却进展迟缓、消极抵抗，接近失败。

西南防线被突破以后，11 月 14 日，蒋介石丢下了金门岛的防务部署，火速飞到重庆，召集顾祝同、张群、钱大钧、肖毅肃、杨森、王陵基等召开紧急会议。会议决定：

一、急令四十四军陈春霖部、贵州绥靖公署，以及贵州保安第一旅分别沿乌江布防，协同宋希濂部，凭借乌江天险，阻止解放军前进。

二、由西南军政长官公署分别命令：陈春霖军长指派专人组织力量，迅速将乌江大桥彻底破坏，以防止解放军渡过乌江北上；一一〇师师长雷鸣指派专人组织力量，迅速将大巴山通往陕南的道路，向"敌"方面作彻底的破坏；川陕鄂边区绥靖主任孙震指派专人组织力量，对大巴山通往陕西、湖北的道路，向"敌"方面作彻底的破坏；并普遍设置障碍，以阻止解放军的前进。

三、命令第四补给区迅速准备好大量烈性炸药和其他爆破器材备用。

四、由西南军政长官公署分别派高参或部员乘汽车将上述命令和所需炸药以及其他爆破器材，送交各个部队受令者执行。

五、命令陈春霖于破坏桥梁后在乌江北岸对贵阳方向派出前进部队，防止解放军渡江。

此令发出后，陈春霖立即破坏了乌江大桥。

六、划四川为四个作战区，川北区由胡宗南负责，川东区由孙震负责，川中区由杨森负责，川西区由王陵基负责。

在做了上述安排后，蒋介石仍心神不安，坐卧不宁。宋希濂方面情况急剧恶化，所辖6个军几乎全军覆没。

10月中旬，一二二军在大庸被歼。

11月上旬，七十九军、一二四军及一一八军一部、十五军一部在宣恩、咸丰间被歼。十四兵团司令钟彬被俘。部队纷纷向四川溃退，黔江、彭水、武隆地区溃兵如蚁，秩序混乱，彭水、武隆、江口镇还被溃兵放火烧毁。

面对如此局面，蒋介石惊恐万状，气急败坏。特别是对宋希濂非常愤怒，要枪毙宋希濂于阵前，以振士气。但又认为枪毙宋希濂也于事无补，反而会失去一个效命的死党，于是派蒋经国带着他的亲笔信到武隆的江口镇去安抚宋希濂。

蒋介石在信上说，为了救党救国，他不能不起来和大家一道与共产党进行生死存亡的斗争。要抱"有匪无我，有我无匪"的决心，巩固川东战线，给共军以迎头痛击。

宋希濂向蒋经国陈述了川东战场失利的四条重要原因：

一是共军主力在我们始料不及的川东出现，给了我们一个措手不及。总体实力上共军远较我们有优势，尤其是共军官兵战斗意志旺盛，不怕困难，作战英勇，进展神速，战术灵活，经常从一些崎岖小径抄袭我军侧背，弄得许多部队被节节截断，各个被击破，最后被全部消灭。

二是我所指挥的 6 个军，除第二军较有战斗力外，其余大多残破不堪，有的是新编成的，战斗力薄弱，尤其是自国军主力部队在东北、平津、徐蚌一带被歼灭后，许多军官对共军作战，完全没有信心。

三是鄂西山地，粮食有限，就地征收，到了罗掘俱穷的境地，主要是依靠由重庆方面运补，但由于路程远，运输力不够，常常使得前线官兵吃不饱。

四是鄂西、川东一带崇山峻岭，经常下雨，现在已经相当寒冷，入夜尤甚。但各部队所领到的棉军服，尚仅达到半数。吃不饱，穿不暖，当然严重地影响了士气。

尽管蒋经国拼命打气，但宋希濂已经心灰意冷，完全丧失了信心。他说："我只有一句话，尽人事听天命而已！"

东南屏障被突破后，重庆一片恐慌。为了维护市内秩序，11 月 16 日，卫戍司令杨森发布了《紧急维持治安办法》，即 16 条杀令：

一、阻挠政令，与共匪勾结者，杀。

二、窝藏共匪谍，隐蔽不报者，杀。

三、供给共匪之枪弹、电讯器材及秘密文件者，杀。

四、造谣惑众，扰乱秩序者，杀。

迂回入川

五、扰乱金融，破坏币信者，杀。

六、操纵物价，影响民生者，杀。

七、纵火焚毁物资及军用品房舍者，杀。

八、抢劫财物者，杀。

九、聚众煽动者，杀。

十、以文字、图书、演说为共匪宣传者，杀。

十一、报导不准确军情，影响治安者，杀。

十二、煽动工潮、学潮者，杀。

十三、煽动军人叛逃者，杀。

十四、泄漏军机，刺探军情者，杀。

十五、私运枪弹或造军火者，杀。

十六、阴谋破坏军事交通桥梁、机场、码头、军械弹药粮秣军需仓库，以及车辆、飞机、船只、通讯设备者，杀。

第二天，人民解放军由川东南及黔北两路进逼重庆，杨森令罗君彤的三六一师及彭斌的内警第一总队在南岸一线布防，将二十军一三三师、一三四师由南岸调回江北，担任防守江北以下长江北岸防务。七十九师仍驻涪陵。

二、 解放重庆

- 11月1日，在湘西至川东南纵横交错的崇山峻岭之中，一支解放军部队正向川东方向快速挺进。

- 李长林团长非常气愤地对部下说："对付这样的敌人，要狠狠地教训教训，让他们知道点儿厉害。"

- 我军趁势展开阵前喊话："蒋军官兵们，快投降吧！解放军优待俘虏！"

抢渡乌江天险

1949 年 11 月 1 日，在湘西至川东南纵横交错的崇山峻岭之中，一支解放军部队正向川东方向快速挺进。

没有千军万马的厮杀，没有人声鼎沸的喧哗，只有脚踏树叶发出的沙沙响声。

这是我第二野战军三兵团正奉命入川作战，围歼四川腹地国民党部队，彻底解放大西南。

早在 10 月 25 日，第二野战军司令员刘伯承、政治委员邓小平向三十二师下达了向川、黔进军的战斗命令后，第三兵团司令员陈锡联就慷慨激昂地对十一军指示说："现在我兵团十军和第五兵团在杨勇、苏振华的率领下已直出黔北向川南挺进，切断了国民党向云南的退路。我们三兵团的主要任务是直出川东，占领黔江、彭水，打开入川通道，并且在该地区歼灭宋希濂集团，解放重庆，尔后向川西进击。"

十一军领命后立即冒着连天阴雨，开始了艰难的行军。

11 月 4 日，我三十二师由慈利地区出发，经大庸、永顺向龙山、来凤攻击前进。于 11 日在兄弟部队的配合下一举击溃咸丰守敌，迫使来凤、龙山守敌闻风西逃，全线溃乱。

为迅速追击逃敌，三十二师主力全部轻装前进。部队昼夜兼程，跋山涉水，冒雨前进，克服了缺衣少粮、风餐露宿、极度疲劳等重重困难。指战员们斗志高昂，战斗情绪十分饱满，以不歼灭逃敌誓不罢休的英雄气概，每日前进百里以上。

17 日，三十二师主力追击前进 90 公里，抄小路超越兄弟部队进至郁山镇保家楼附近。

这时，溃敌第二六三师残部企图横越公路向西逃窜，我师九十五团以一个营的兵力向该敌发起猛烈进攻，激战 10 余分钟，就将该敌全歼。随即于当日黄昏前，三十二师主力进至彭水近郊，威逼敌乌江防线。

乌江，又名黔江，两岸悬崖峭壁，怪石嶙峋，江水湍急，它发源于黔北地区，流经川东、湘西、鄂西山区于四川省汇入长江。

敌人为了掩护其主力西逃，妄图依托乌江天险顽抗。他们在溃逃时，以"不给共军留下一粒粮食，一根木头"为口号，实行烧光、抢光政策，大肆破坏乌江沿岸的道路、桥梁、索道，放火烧毁村寨、城镇。紧靠乌江东岸的彭水县城，几乎被烧成一片废墟，沿岸船只被抢掠一空。

此时，三十二师重炮又未赶到，在没有炮火掩护的情况下，要从彭水正面强渡乌江，显然是十分困难的。

根据此种情况，三十二师师长何正文立即命令部队先渡郁江，抄小路，在乌江下游寻找渡口与船只，充分

解放重庆

做好抢渡乌江准备。

当我军进至彭水东岸时，见彭水城中火光冲天，我主力继续追歼逃敌，余下一部兵力立即奔赴火场救人灭火，许多同志带着伤痛奋力抢救，有很多同志还把自己仅有的干粮让给了老人、孩子。群众看到此情此景，无不为之感动，纷纷自发地将沉在河里的船只打捞起来送给部队渡江之用。

11月20日，三十二师主力在彭水西北高谷堆一举抢渡乌江成功，迅速向敌纵深发起攻击。

此时，兄弟部队亦由彭水之南河口等地胜利渡过乌江，守敌弃阵西逃，乌江防御全线崩溃。三十二师九十四团在团长涂学忠的带领下，穷追不舍，追至罗葡垭时，我兄弟部队一〇一、一〇四团正与敌第二军第九师对峙，九十四团立即从侧翼发起攻击，经一小时激战，敌大部被歼。

21日，三十二师部队全部胜利渡过乌江，乘胜前进，相继攻克敌第二军、第一〇八军驻守的江口镇、白马场、长坝口等纵深要点，迅速发起全线追击。

"川东门户"被打开了，蒋介石妄图凭借乌江天险阻挡我西进的计划彻底破产了。

过了乌江，高高的白马山又挡在我军面前。白马山位于南川东北，上下30公里，山高谷深，地势险要，只有一条崎岖不平的川湘公路绕山而行。

时近严冬，雨雪交加，道路泥泞不堪；茫茫四野，荒无人烟，补给极端困难；部队又连续追击了 20 多天，非常疲劳，此时，走路真是比打仗更艰难。但广大指战员忍饥耐寒，拿出"以速度胜速度，以疲劳胜疲劳"的英雄气概，于 11 月 24 日与兄弟部队五六个师的兵力在白马山地区胜利会师。

白马山沸腾了，道路两旁挤满了胜利的勇士，他们握手称贺，互道胜利。为了继续扩大战果，三十二师师长何正文与李德生、尤太忠等几个师长共同研究，认为决不能使敌有喘息的时间，一定要战胜疲劳，乘胜追歼。

接着，何正文率师主力绕道从小路连夜向南川进发。当九十六团进至长坝村以东时，发现敌前哨警戒部队，该团为了捕歼其主力，在团长顾登友的指挥下继续果敢前进，当敌主力发现时，该团主力已将敌分割，并迅速发起了猛攻，经一小时激战，敌第一〇八军七二六团大部被歼。被俘的巨锡鹿副团长惊叹道："贵军以飞机一样的速度前进，我们跑都来不及。"

解放重庆

奇袭重庆南大门

11月26日13时许，国民党十五兵团司令罗广文的一队士兵，从界石方向经桃花滩直奔虎啸口前沿阵地而来。

国民党守军的哨兵见有部队开过来，毫不在意地问："喂，口令！"

对方对答如流。

哨兵又问："你们是哪部分的？"

对方回答："我们是一〇八军罗军长派来加强防守的。你们兄弟辛苦！"

哨兵听说，不敢冒犯，连忙回答说："长官辛苦，幸会幸会。听说共军已打过南川啦？"

对方骂道："你他妈的瞎说！共军还远着呢，你再煽动军心我叫你脑袋搬家！"

对方边骂边逼近哨兵缴了他的枪。

原来，这是我军一直作为三兵团十二军前卫的三十五师一〇三团侦察连的战士们，他们装扮成国民党部队，为首的是一〇三团侦察连连长。

侦察连战士解决哨兵后，敏捷地占领了有利地形和前沿阵地。敌军连长从连部出来一看，见形势不妙，正要拔枪射击，我侦察连连长眼疾手快，两枪打死了敌军连长。与此同时，我侦察连战士向敌军扫射，将其前沿阵地的守敌迅速歼灭。

紧接着，我侦察连乘胜抢占了虎啸口南侧的傍山险道。

虎啸口是天然屏障南泉的唯一谷口，虎啸口北侧是打鼓坪山，南侧是群峰之巅建文峰。这两座山险峻陡峭，犹如两个守门神似的控制着虎啸口。

南泉地区离重庆市区只有 15 公里，它地处狭长的山谷，层层山峦从东北方向延伸至长江边的大兴场，从西南方向延伸到蔡江的顺江场，这 100 多公里回环层叠的山峰，构成了重庆南面的一道天然屏障。

在地形上，南泉恰是重庆的南大门，所以 1949 年冬国民党调集了重兵防守。在南泉东北一线部署了彭斌的内二警总队、罗君彤的第三六一师和杨森部二十军的一个师；在南泉的西南方向包括翻越群山的川黔公路沿线部署了罗广文部陈春霖的四十四军防守。

当人民解放军大战白马山，即将突破"南川防线"时，坐镇重庆指挥的蒋介石慌了手脚，急忙调遣胡宗南的第一军前来重庆保驾。解放军三十五师一〇三团像一把尖刀似的直插南泉，蒋介石见势不妙，急令刚空运到重庆的胡宗南部第一军的先头部队一六七师赶往南泉，命他的心腹一六七师师长曾祥廷死守南泉。

虎啸口位于南泉以东 0.5 公里，北侧打鼓坪山下的狮子口山头，是国民党中央电台所在地，电台四周地堡

解放重庆

林立，电台下面是虎啸口木桥，北桥头驻有卫队，沿岸筑有若干暗堡和地堡。虎啸口南侧的蚌壳山一带是国民党据守南泉的前沿阵地，罗广文部在此抢修工事，层层布防据守。这时，虎啸口北侧狮子口山的国民党中央电台的守军听见这边有枪声，即刻向我侦察连射击，封锁了我军前进的道路。

为及时切断敌人的通讯联络，侦察连立即组织轻重火力，掩护突击组通过虎啸口瀑布下面的木桥进攻敌电台。同时还组织了另一支突击队迂回到木桥下边，以桥墩做掩体，涉水越过花溪河，抄袭北桥头守军。经两小时激烈战斗，据守桥头和电台的守军溃退到比狮子口山更高的打鼓坪山。

我侦察连占领虎啸口后，立即向南泉正街纵深推进。据守在南泉境内的罗广文部队和内二警听到虎啸口激烈的枪声，以为是我军主力来临，吓得丧魂失魄，如惊弓之鸟争相逃命。驻守在南泉仙女洞的罗广文部队丢下一大锅"回锅肉"拔腿就跑。

这时，胡宗南部一六七师乘 200 多辆汽车正向南泉开拔，他们咒骂罗广文部的溃兵是"饭桶"，沿途用刺刀阻拦溃退的士兵。这 1 万余名全副美式装备的胡宗南部队陆续抵达南泉，慌忙分头抢占打鼓坪山和建文峰制高点。

当我侦察连进攻到南泉正街时，恰与刚到南泉的胡宗南部遭遇，顿时展开了激烈的拉锯战。敌军人多火力强，我侦察连暂退回虎啸口南侧阵地。傍晚，敌人以数倍于我军的兵力向我虎啸口阵地进攻，正在危急之时，我一〇三团一营在徐泉水营长和冯嘉珍教导员率领下赶到虎啸口阵地，迎头痛击了进攻之敌，保住了阵地。

26日傍晚，我一〇三团主力进至南泉附近，团指挥所设在南泉以东约两公里的大弯村。蔡启荣团长、苗新华政委和谭笑林参谋长根据敌军突然增派王牌部队据守的情况，立即改变了从虎啸口方向进攻南泉的作战方案，决定以南泉制高点建文峰为主攻目标。

为了使敌军摸不清我主攻方向，我军采取了声东击西的打法。团指挥部命一营仍摆出担任主攻的架势，组织强火力进攻打鼓坪山，借以麻痹、牵制敌人火力，以保证我军主攻建文峰的战斗。

打鼓坪山守敌的前沿阵地在虎啸口花溪河一带，他们居高临下，调集轻重火力封锁了虎啸口木桥。二连长徐根率领战士们冒着枪林弹雨涉水渡过花溪河，趁夜爬上狮子口，分头以手榴弹消灭了地堡的火力点。

徐根连长在战斗中壮烈牺牲，徐泉水营长立即率全营发起冲锋，一举占领了打鼓坪山的前沿阵地。

午夜，敌军组织1个团的兵力反扑过来，徐营长命一、二连和机炮连正面阻击，命三连从右侧迂回出击抄袭敌后。当三连在敌后打响时，徐营长立即发起反冲锋，敌军乱了阵脚，节节后退。但徐营长在指挥反击进攻战斗中却英勇牺牲。

解放重庆

徐营长的牺牲激起全营指战员的满腔怒火，大家纷纷请战要为营长报仇。冯嘉珍教导员冷静地分析了战场上敌我形势，指挥全营击溃了敌军一次又一次的反扑。双方对峙打了一整夜，保证了我军主力进攻建文峰的战斗。

一营进攻打鼓坪时，我一○三团指挥部迅速制订了主攻建文峰的作战方案。

建文峰离南泉约一公里远，主峰南侧高地的白泡石山，北面坡缓，其他三面陡峭。这白泡石山是面向我军的最前沿阵地。主峰的东侧高地在我虎啸口阵地头上，东、南两面都是悬崖绝壁，难以攀登。团指挥部部署二营四连担任主攻，五连和机炮连接应，六连为预备队。

四连长曹辉领受任务后，立即组织排长抵近敌阵地侦察，发现建文峰的东、南两高地的敌人是刚进入阵地接防的胡宗南部一六七师，正在手忙脚乱地抢修工事。四连的战斗部署是：三排长张立保率全排打前锋，利用黑夜先夺下南高地白泡石山，然后利用白泡石山的有利地形向东高地进攻；二排尾随三排跟进接应，一排断后。

11月27日凌晨2时许，敌人的注意力已被打鼓坪山上激烈的枪声吸引。

我四连三排由团部派的向导带路向预定目标进发。由于天黑，地形又复杂，三排爬到了敌东高地的南侧断崖下时，天近拂晓，若返回再爬向原预定目标势必延误战机。此刻张排长沉着地分析了地形，认为此处是悬崖绝壁，敌军的设防势必薄弱，又从枪声判断，东高地的敌人火力必然集中进攻打鼓坪方向。

于是，张排长机动灵活地改变了方案，他一面派人爬回向连部报告，一面令全排以搭人梯的方式登上了断崖，敏捷隐蔽地接近东高地上敌阵地前沿。同时，令九班火速运动到敌阵地后面。霎时，前后同时发起冲击，一举全歼东高地上一个连的敌军。

当东高地的枪声打响时，四连一排在机炮连掩护下立即向南高地发起正面进攻，吸引了敌军火力。此时，二排迅速登上了东高地也向敌南高地开火，三排则火速迂回到南高地的北侧缓坡一带隐蔽。正当南高地的敌军受我两面攻击吃紧时，隐蔽在高地北侧的我三排张排长高声喊道："八班快上！"南高地的守敌以为是建文峰主峰派来的援军。

趁其不防，我三排突然进攻，敌措手不及，在我前后夹击下，南高地的守敌全部缴械投降。

拂晓，大批敌军从主峰冲下来，妄图夺回南高地。此刻，四连和机炮连已迅速登上了南高地，抢占了有利地形，当敌军接近时，突然用轻重机枪猛射敌群，打得敌军抱头鼠窜，曹辉连长乘胜指挥全连冲锋。在冲锋攻击战斗中，曹连长身中数弹英勇牺牲，我军一举冲至主峰，全歼了建文峰顶峰的守敌。

我军占领了南泉的制高点，不但控制了整个南泉敌军的活动，而且与一营占领的打鼓坪山南侧阵地遥相呼

解放重庆

应，巩固了虎啸口阵地。

重庆国民政府国防部作战室闻讯建文峰失守，蒋介石惊得目瞪口呆，一面派飞机进行轰炸，一面责令曾祥廷师拼命夺回建文峰。从 27 日早上起，敌军在飞机大炮掩护下，向我建文峰阵地发起数次集团冲锋。建文峰上硝烟四起，弹坑遍布。四周的树木被炸断，草木被烧焦。可是我英雄的二营在张二胖营长和梁格斗教导员指挥下，打退了敌人一次又一次的冲锋。建文峰阵地上的英雄们吃的是炒包谷籽，喝的是山泉水，以刺刀手榴弹对付拥有飞机大炮的敌军，他们在极艰苦的条件下坚守了阵地。在我阵地前，敌军尸横遍野。我坚守建文峰的英雄们阻击了敌人进攻，牵制了敌人主力，保障了我军主力迅速从东、南、西三面包围重庆的攻势。

正当南泉建文峰阻击战激烈进行时，我一〇三团三营狄志山营长和崔松山教导员率两个连的兵力经界石疾奔南泉。

当狄营长率部奔到离建文峰战场 2.5 公里远的桃花滩时，十二军王近山军长正骑着战马由南泉方向迎面奔来。王军长扼要地阐明了南泉战场敌情发生新的变化等情况，命令狄营长率部队从右侧罗广文部防区穿插到敌后，狠狠打胡宗南的屁股。

王军长骑马奔赴南泉战场一〇三团指挥所时，胡宗南部在飞机大炮掩护下正向我建文峰阵地和虎啸口阵地猛烈进攻。他果断地决定，将一〇三团突破南泉通道的战斗任务改变为正面阻击，把守住阵地拖住敌军主力作为主要战斗任务，以保障我十二军的主力迅速迂回到重庆西侧白市驿飞机场一线。

我三营狄营长接受迂回敌后的任务后，火速指挥部队沿桃花滩出发，从建文峰以西 15 多公里绕道前进。狄营长曾在司令部工作多年，深知首长迂回敌后的意图。他派一个排化装在前面侦察开路，选择了罗广文部防区的薄弱地带，穿插过山坳口。在 28 日午后 16 时许插入小泉山沟，突然间向南泉仙女洞上面的西山发起进攻。敌一六七师屁股挨打，正在进攻建文峰的敌军也乱了阵脚。此刻，坚守建文峰阵地的我二营趁机发起反冲锋，打得敌军丢盔卸甲，节节败退到花溪河北岸。傍晚，沿花溪河南岸一线山地已为我军阵地，整个南泉战场我军已取得全面胜利。

五洞桥是花溪河南岸到北岸南泉正街的唯一通道。敌军退守花溪河北岸后，沿岸构筑工事，以轻重火力严密封锁了河面。在五洞桥北桥头，敌军把老百姓的门板桌凳等堆积成障碍物，并构筑了桥头工事；又在大钟及凉水沟的半山腰间增设了几处重机枪阵地，以交叉火力封锁了五洞桥。

在二营从建文峰猛冲至花溪河畔的战斗中，梁格斗教导员率部冲锋在前，不幸中弹牺牲。但是，二营已占领五洞桥南端的一线阵地。为了配合二营抢夺五洞桥，一〇三团指挥部命一营由打鼓坪山的南侧山腰间向南泉

解放重庆

正街发起进攻，命三营向花溪河北岸射击，封锁公路，牵制敌火力。

当我二营在轻重火力掩护下冲至五洞桥南桥头时，敌军从北岸的大钟等几处制高点疯狂扫射，二营牺牲了几名战士，部队只好停止冲锋。在此情况下，张二胖营长立即组织突击组，调动全营轻重火力掩护，向五洞桥发起轮番突击。副指导员胡仁喜带一个突击组迂回到南桥头，跃身滚到桥下，以桥墩做掩护，依次涉水到对岸，尔后用手榴弹摧毁了北桥头工事，炸开了北桥头的障碍物。当他举臂高呼冲锋时，不幸身中数弹，英勇牺牲。我一、二营趁北桥头守敌被炸得晕头转向之机，同时发起冲锋，敌军顿时乱成一团，狼狈溃退到南泉西北面陈家湾一带山地继续抵抗。

南泉战斗自 26 日下午约 15 时打响，至 28 日 23 时许我军撤出战斗，历时约 56 个小时，是解放重庆外围一次持续时间最长、最激烈的战斗。这次战斗重创了守敌和国民党军队在重庆的"江南防线"，为我主力部队大迂回、大包围，解放重庆赢得了宝贵时间。

飞兵夺取军事重镇鱼洞溪

1949 年 11 月 28 日，就在我十二军三十五师先头部队在南泉激战的同时，我二野三兵团十一军三十一师奉命向重庆以西重镇——鱼洞溪一线攻击前进，截歼由綦江北逃之敌。

鱼洞溪是重庆西南要津，对敌我双方来说都是至关重要的。敌人控制了该地，就能保证重庆城西南面的安全；我军控制了该地，就能顺利地组织部队和船只对敌长江防线实施突破，从重庆西南面对敌实施包围歼灭。

上午 10 时许，九十一团三营 2 个连和一营 3 个连，首先赶抵鱼洞溪镇南郊。

此时，罗广文残部 1 个团和胡宗南部 1 个先头团已在这一带布防，控制了川黔公路及其两侧纵深地带。刚赶到二龙村山冈，我先头部队就接到紧急命令："强占渡口，乘机渡江，直取重庆。"

先头部队名为 3 个建制连，实际兵力仅为 7 个排。他们刚占领了一些山头，立足未稳，便碰上了罗广文部一〇八军的 1 个团，但枪一打响，敌便不堪一击，全团缴枪投降了。

消灭罗广文部 1 个团后，3 个尖兵连继续向前猛插，将近川黔公路时，又同布防在公路两侧山冈的敌军胡宗南部第一军一六七师五〇一团相遇。

敌军凭借其猛烈炮火，妄图阻止我军先头连前进。战斗打得十分激烈。敌军一发炮弹落在我军埋伏的阵地上，随着炮弹的爆炸声，我军有 5 名战士倒下去了。

根据战况，连指战员及时调整了作战部署，采取分进合击，用异常迅猛的动作猛插猛进，分割顽敌。

我军三营九连首先从右翼直插敌人侧背，迅速进抵江边，控制了渡口，切断了敌人逃路。再由一营一连从鱼洞镇向镇中的敌人纵深揳进去，将敌人割裂成两段。

与此同时，三营八连战士再从左侧迂回到敌后侧，将敌军的阵势打乱，敌军顿时乱作一团。

趁敌混乱，我军一举毙伤敌营长以下 60 余人。但敌仍凭兵力优势，在炮火掩护下，向我军多次进行反击。

由于我军只有 7 个排的兵力，加之武器装备差，要与美式装备的 1 个团的敌人硬拼是不行的。我军只好以小群、多路出击的方式，以机智灵活的战略战术，与敌人周旋。

15 时，正当猖狂的敌人仗着他们的优势兵力欺负我们人少时，我九十一团主力在赵兰田师长、李长林团长的带领下及时赶到，随即投入战斗。

面对着激烈的战斗，赵兰田只身来到前沿，在位于高地上的作为我机枪工事的一座残破的碉堡内举镜观察敌方时，敌军一梭子弹从他耳际掠过，弹头被碉堡石墙反弹过来，嵌入其右大腿，致使右大腿两处负伤，当即被抬下战场。

赵兰田被抬下战场后，李长林团长非常气愤地对部下说："对付这样的敌人，要狠狠地教训教训，让他们知道点厉害，现在我决定，截击任务由二营去完成，三营在一营右翼向土桥一线迂回攻击，一营从正面压下去，直取鱼洞溪镇。"

一营教导员闫文和副营长吴大正，在受领从正面压下去、直取鱼洞溪镇的任务后，立即将部队展开。

一场激战开始了。敌人凭借着坚固工事和火力优势顽强抵抗，但在我军将士勇猛冲击下，节节败退。战斗到傍晚，我军已经接连攻下 4 个山头，敌人被迫龟缩到鱼洞溪镇外围几个小山上的炮楼里。

敌人在炮楼上用火力严密封锁着我军，以阻止我们前进。我军一连发起几次突击，均未接近炮楼。

此时，由于我军炮兵尚未到达，又没有炸药，仅凭机枪攻打炮楼很困难。于是，各连战士纷纷向敌人喊话道："蒋军官兵们，我们是中国人民解放军，缴枪不杀，宽待俘虏，赶快投降吧！"

可是，这些顽固的敌人反而叫嚷着："我们是天下第一军，从来没有缴枪的习惯！你们如果有胆量的话就来进攻吧！"

敌人疯狂的叫嚣声激怒了我军战士，他们纷纷要求立即攻打炮楼。

三排长关世勇涨红了脸，眉毛一竖，跑到教导员跟

解放重庆

前，大声要求道："教导员，我去把炮楼炸了！"

教导员叫他冷静点，不要蛮干。这时，有几个战士，抱着成束的手榴弹向炮楼冲去，三排长关世勇也跑出去了。教导员连忙命令机枪掩护他们。

但是，敌人火力猛，根本不能接近。关世勇顾不得那么多，忽然从地上跃起，想继续接近炮楼，不料他刚跑了几步，就被敌人机枪击中倒下了。几个战士把他抢救回来时，他已经光荣牺牲了。

战士们悲痛万分，班长张春山再三要求去炸炮楼给排长报仇，但教导员严肃而耐心地劝说着大家："同志们这种战斗精神很好，但这样鲁莽可不行啊！有任务我会交给你们的。"

战斗暂时停了下来，战场上的枪声逐渐稀疏了。

晚上，一营决定组织夜摸鱼洞溪镇，切断敌人后路，孤立炮楼，迫使敌人放下武器投降。

深夜，寒风阵阵，天黑如墨。教导员带着营部通讯班和三连一排10多个同志从西边绕了个大圈子，在江边摸进鱼洞溪镇。夜里两点多钟，他们进了镇子。

街上冷冷清清的，家家关着门户，看不到一丝灯光。大家摸索着前进，刚拐过一个街口，迎头碰上几个人，抬着一个白晃晃的东西。班长张春山抢先上前一拉枪栓，低声喝道："不准动！干什么的？"

对方惊骇地回答："长……长官！我们是……是送猪的。"

教导员走近一看，原来是几个老乡，他们正抬着一口大肥猪。

教导员上前问他们准备将猪送到哪里。

一个老乡吞吞吐吐地说："不是长官们……你们叫我们送到下面街上去的吗？"

教导员又问："下面街上的部队还没走吗？"

老乡说："没有走啊！你们是从炮楼上下来的吧？"

教导员说："哦，我们是从炮楼上下来的。"

老乡连忙说："那么，这口猪我们就给长官们送到炮楼去吧？"

教导员说不用了，叫他们抬回去，并要他们其中一个人给带路。几个老乡都没说话。

停了一会儿，他们中的最高的那个老乡同意了教导员的要求。

大家向炮楼方向靠近，正走着，忽然发现前面有一个黑影晃动，正想避开，不料对方却发出了一声吆喝："谁？干什么的？"

教导员大步迎了上去，镇静地答道："呵，不要误会嘛，我们是刚刚从炮楼上下来的。"

教导员一边回答着，一边快速地向这个家伙靠近。他们中的一个战士一伸腿将这个家伙绊倒，还没等这人叫出声来，教导员的手枪就已经顶住他的背了。

教导员轻声喝道："不准叫！"

这个家伙连忙求饶，说自己是哨兵，并告诉教导员说镇里还有敌五〇一团的 2 个连，正在下面街上睡觉，准备明天早上撤过江去。

教导员想这正是个好机会，何不趁此下手，瓮中捉鳖，于是立即命令通讯员侯元德马上回去带部队进来。

这时，在一旁为他们带路的老乡才恍然大悟地说："啊呀，原来你们是解放军呀！这真是太好了！"

教导员谢过了为我军带路的老乡，叫他立即回去，并且不要将消息泄露出去。

在敌哨兵的带领下，我军指战员直奔大街，来到一家门口。敌哨兵停住脚说："就是这里，这里住着 1 个连。"

教导员又问哨兵还有 1 个连在哪里，哨兵用手示意说在那边。

教导员令张春山带上三排的同志，去解决另外 1 个连，并嘱咐要小心些，不要出了问题。

等他们走远后，教导员和留下来的通讯班战士也立即投入了战斗。

通讯班班长刘永春上前一脚踢开大门，用手电来回晃，大喝一声："你们被包围了！快起来，缴枪不杀！"

睡梦中被惊醒的敌人乱嚷嚷地爬起来，呆头呆脑地把枪都扔到门边。有一些被吓住了的敌人，把枪扔后，溜进老百姓家里躲了起来。

为了不让一个敌人跑掉，我军战士分头搜索跑散的敌人。这样一闹，把整个鱼洞溪镇都惊动了。有些大胆的老乡，打开门瞧，一听说是解放军进了镇，消灭了敌人，就高兴地跑出来满街喊："乡亲们，赶快出来呀！是解放军到啦！我们解放啦！"

随着群众大声的喊叫，街上的人愈来愈多，还有的老乡把跑到家里的敌人捉出来送给部队。家家都把门打开了，小小的鱼洞溪镇显得十分热闹。

拂晓，我军战士把俘虏集中好了，缴获的武器弹药也整理好了。营里又命令二连开始攻打炮楼。

这次，还没等我军战士正式进攻，那些在昨天还吹嘘自己是"天下第一军"的敌人便在炮楼上挂起了白旗，向解放军投降了。

鱼洞溪战斗持续了 1 昼夜，我军歼敌五〇一团三营大部，俘敌 100 余人，是九十一团进军西南以来最激烈的外围战之一。

第二天凌晨在鱼洞溪镇战斗即将结束之际，三十一师主力赶到，与九十一团并肩战斗，迫使余敌沿江北溃逃。我军完全占领了鱼洞溪镇及其渡口。当天中午，解放鱼洞溪的英雄部队，接到了上级要立刻出发，准备过江解放重庆的命令。

解放重庆

严团长率队占领海棠溪

1949 年 11 月中旬，我二野三兵团先头部队顺利渡过了乌江天险后，第十一军九十五团的战士们接到了掩护军直机关的命令。

该团副团长严大芳对这个掩护任务非常不满意，他一再向曾绍山军长和鲍先志政委请示，要求只派他们团二营掩护军直机关，一营、三营则随大部队去追击敌人。

曾绍山军长被缠不过，只好同意了他的请求。一、三营接受任务后，以平均每天跑 80 多公里的速度去追赶前面的大部队。7 天后，他们在白马山附近终于发现了走在前面的第十一军。

我十一军三十二师师长何正文见到追赶上来的一、三营，立即命令他们前去双胜场地区歼灭罗广文兵团的敌军。

一、三营的战士们经过一天一夜的急行军，到达南川时，已成为大部队的领头军。不过，他们在那里没有见到一个敌人。

穿过南川到了清河场，一、三营的战士们在那里抓到了敌人的 1 个后卫连，经审问俘虏，得知罗广文兵团中有 1 个师的敌军正向白沙井方向逃窜。

根据这个情况，严大芳和方政委决定兵分两路去合围敌人。

严团长带着一营赶去白沙井。他们到那里后没有发现敌人。

严团长拿出地图将敌人的逃窜路线重新作了分析，最后判定，敌人应该向北逃去。于是，他下令一营战士掉转方向，加快脚步向前追赶。

他们在白沙井附近发现了一个较大的村镇。在这个村头上，有一座二层小楼房，楼前有间大院子，四周垒有一人多高的围墙，西面有一个大院门，从那里传出了敌人的吵闹声。

战士们追了好多天的敌人总算碰到了。严团长命令战士们到深夜再对敌军进行猛攻。

几个小时后，一连的两个排，像两把锋利的钢刀，直插小楼。一排搭人梯迅速翻过围墙；三排的战士们冲到院门口，打了一阵冲锋枪，扔了一阵手榴弹，趁势冲进院里。仅仅几分钟，战士们就拿下了小楼。

为了扩大战果，我军迅速向双胜场东北前进，同时，我军三连战士也向村西头展开攻击。

可就在这时，村子四面的高山上突然枪声大作，严团长很快意识到山上还有敌人。为了弄清情况，他带着冯营长和其他几个同志，上小楼去观察村里和周围的情况。

很快，他们发现山上的敌人只是无目的地胡乱打枪，看来是为了壮胆。但是，他们很可能在天亮后向我军

解放重庆

反扑。

为了做好打恶仗的准备，严团长立即命令二连带一个排抢占村东北附近的山头，又在楼上架起机枪，并命令二连的其余两个排，也投入村子里的战斗。

三连的同志迅速摸进了村里，敌人有的正在吃饭，有的正在睡觉，我军的战士端着枪对敌人大声喊道："不准动，快缴枪！"敌人就这样成了俘虏。

一时间，战士们劲头十足，比赛谁捉的俘虏多。这里1个班，那里1个排，左右冲击，到处搜寻敌人。一会儿，大院内已押来了1000多名俘虏。

为了防备俘虏对我军战士进行反攻，严大芳决定：先把俘虏送往白沙井，那里有我军的人部队。

送走俘虏后，师部派出联络员为一营的战士们下了新的命令。要求他们快速从那里撤退出来，以防遭到山上敌军的围攻。

可是，就当时的情况看来，严大芳等人认为如果他们就此撤走，村中的老百姓必定会遭殃。于是再次要求留下来继续与山上敌军战斗到底。我十一军首长得到消息后，立即派出九十六团来增援一营战士。

山上的敌人不敢轻易动手，只好逃跑。

经过村中的一夜激战，我军彻底击溃了敌一〇八军，而敌军只有二四二师中的1个营逃跑了。

为了堵住这股敌人，严大芳他们没有直接尾随，而是从西边一侧迂回包围，迎头堵截。

当他们来到栋清场一个村子休息时，正巧我十一军师部也临时设在这里，严大芳去见了何师长，汇报了头天晚上双胜场战斗的情况，并将自己打算继续消灭一〇八军逃敌的想法作了简单汇报。

何师长表扬了严大芳和战士们的战斗精神，要求他们将一〇八军的逃敌交给十一师九十五团的战士们前去消灭，他们前往重庆海棠溪打击敌人。

接受了师长的指示后，严大芳他们不顾疲劳、饥饿和困乏，立即向重庆方向挺进。

11 月 29 日 14 时左右，严大芳带领的一营战士终于与方政委带领的三营战士，在一个名叫土地垭的地方会合。

这个土地垭是重庆南岸黄角垭守敌堵击人民解放军的第一道阵地。严大芳和方政委研究决定，三营从土地垭正面攻击，严大芳带一营从侧面迂回。

人民解放军部队刚展开攻势，敌人便不战自退，撤至第二道阵地凉风垭。人民解放军又追到了凉风垭，立即从正面和侧翼进攻，敌人再次吓得狼狈逃窜，一直逃到后面的黄角垭。

当天 17 时，人民解放军又追到了黄角垭。这里的守敌是四川大军阀、国民党四川省主席杨森之子杨汉烈师和伪内政部彭斌之部，敌人的主要兵力布置在黄角垭这座高山阵地上，山下海棠溪是指挥机关，要想解放重庆，就必须首先攻占这座高山阵地，截断天险长江。

解放重庆

此时的情况是，敌人居高临下，依托阵地顽固抵抗，火力密集猛烈，不可能从正面攻取。

于是，团首长分析，我军可以凭借眼前这两个营的实力，一营从正面攻打，另一营进行掩护，一营再直插海棠溪，捣毁敌人的指挥机关，这样给敌军来个攻其不备，采取突然袭击，一定能够取得胜利。

一切布置好以后，部队当晚就从黄角垭出发了。大约走了半个多小时，前面忽然隐约出现一束灯光。一连一排警觉起来，一个个紧紧地端着枪，弓着腰，脚步轻快敏捷地冲了上去。借着灯光一看，原来是一座小庙，里面有敌人。

战士们迅速将小庙包围了起来，并派出 1 个班的战士冲了进去。

"不准动！你们被包围了，赶快缴出武器投降！"庙里的 20 多个敌人，只好乖乖地投降了。

海棠溪就在小庙下面，那里一片光亮。在大街小巷，一群群的敌人，吵吵嚷嚷地在闲逛。见此情景，战士们不顾一切地向海棠溪镇里冲去。我军从混乱的敌人中穿过大街，一连直奔江边，控制了渡口；二连插向西南面直接攻取高地；三连以排为单位冲向大街小巷，到处搜捕敌人。

这时，只听镇子里不断地在喊："不准动，快快缴枪！"敌人就这样稀里糊涂地当了俘虏。

严大芳带领部分同志，由俘虏带路，向敌人指挥部直冲而去。敌人指挥部设在南面山坡上一座大瓦房里，当战士们赶到时，那里的敌人已经逃走了。

严大芳老远就听见了屋里的电话声，他一进门就赶紧抓起话筒，话筒那边传来敌人的吼叫："指挥部吗？你们那里情况怎样？"

严大芳立即意识到这是山上阵地打来的电话，决定将计就计，他反问敌人道："你们山上的情况如何？"

"共军还在正面进攻！"对方在电话里说。

"你们迅速把部队带到海棠溪东侧公路上，集合！"

严大芳学着敌人指挥官的声调命令道："师团长官速来指挥部接受新的任务！"

严大芳和营长冯鸿章，还有几个同志，继续守在敌人指挥部里，密切地注视着海棠溪的情况。

23 时 30 分左右，黄角垭山上的枪声由爆豆般的密集变得越来越稀疏了。海棠溪里搜捕敌人的战斗基本结束，大部敌人被我军捉获，少数狼狈逃窜。至此，我军占领了整个海棠溪。

正在这时，严大芳得知敌军已经集合到海棠溪东侧的公路上，并在那里抢车逃跑的消息，他马上命令冯营长装成敌军头目进行诱敌。

冯营长带着部下到那儿一看，果然是黑压压的一片敌人。他跳下车，装着敌首长样子狠狠地臭骂了敌人一顿，命令他们快速站好。敌人以为冯营长是什么大官，吓得规规矩矩地站好了队。

解放重庆

这时，冯营长才对着敌人高声喝道："我们是中国人民解放军，你们被我军包围了，赶快放下武器！"

敌军一听是解放军，吓得把武器一丢，"轰"地一下四处奔跑而去。

山上的敌人下来后，方政委带领的三营战士便占领了黄角垭的高山阵地。

我军占领海棠溪、黄角垭的高山阵地后，完全控制了重庆南岸，海棠溪东北、正南和西南山区，直接威胁着重庆的守敌。

清晨，重庆市沿江防守的敌人惧怕被歼，全部撤退，逃向市区。

先头团攻破浮图关

11 月 30 日，我三十一师九十三团在鱼洞溪与兄弟部队会合后，随即又接到了三兵团指挥部及十一军曾绍山军长向三十一师发出的急令：尽快渡江登岸，解放重庆城。并指明由该团战士迅速歼灭重庆南岸之敌，担任攻打重庆市区的先头团。

这天早上，九十三团一营刚到达鱼洞溪镇以北地区，便又与敌五〇一团的 1 个多营的残军遭遇。

该团迅即向敌发起攻击，敌即向北溃退至马王坪。狡猾的敌人采取金蝉脱壳的方法，将县保安队赶出阻击我军，而他们乘机由李家沱渡江。

几个保安队员哪堪我军一击，仅打了几枪，即举枪投降，伪县政府机关人员 200 余人也被解放了。

九十三团解放马王坪后，又在李家沱击溃敌七十八师 1 个营，俘敌约 300 余人，缴获汽车 80 余辆、战防炮40 余门，控制了长江渡口。

当天下午，九十三团抵达李家沱江边，不见船的影子。敌人封锁江面，在对岸筑起工事，妄图借滔滔江水来阻止我军的前进。

干部战士个个急得胸中似火烧，团部立即下令分几个小组沿江边寻找过江船。

解放重庆

很快，战士们终于在一个僻静的小湾里找到了 3 只破旧的打鱼船，但这样的船只一次只能载几十人。

为了尽快渡江，该团战士随即组成了以党团员为骨干的渡江突击队，为掩护突击队渡江登岸，其他战士集中全团炮火，向对岸的敌人进行猛烈急速的轰击。

在我强大炮火的压力下，敌人龟缩在工事里无法抬头还击，3 只小船冒着炮火，只用了 20 分钟就划到了河对岸，并迅速登上江岸。

上岸后，该团战士又猛扑敌人的阵地，敌人抵挡不住我突击队的炮火，抱头鼠窜。

我军随后越过长江天险，直扑九龙坡，随即又马不停蹄，继续前进，向重庆的西大门——浮图关奔去。

浮图关是重庆西郊陆路的咽喉，为全城制高点，攻占浮图关对解放重庆城具有重要的意义。

早在该团战士进攻浮图关之前，三十一师参谋长杨国宇就一再嘱咐九十三团团长说："你们一定要尽快攻占浮图关，必须在晚上 19 时半之前攻入城内，敌人已在破坏重庆城了，快速就是胜利，你们只管往重庆城里钻。"

当九十三团的战士们向浮图关奔去的时候，他们听到从远处传来的阵阵爆炸声，山城重庆的上空顿时烟雾四起，敌人已经开始破坏城市了。

为了尽快攻占浮图关，九十三团采取"吃葱剥皮"的办法，利用附近房屋和有利的地形，逐步扫清外围，步步逼近，将关下外围敌人团团围困在关上。

关上守敌是国民党国防部警卫第二团，有 1600 多人。他们装备精良，在关下埋了许多地雷，妄想凭这些阻止我军的前进。

九十三团的战士很快来到了关下新市场的街上，敌人从工事碉堡中用密集的火力向战士们扫射过来。

战士们的进攻受到阻碍，敌人凭着构筑的工事掩护着自己，他们在工事里居高临下地向战士们扫射着，再加上关下又有许多地雷，我军一不小心就会碰上，接着便会引起一大片爆炸。

我军每前进一步都要付出很大的牺牲，走在最前面的战士一批一批地倒了下去。

看到自己的战友一批接一批地牺牲，走在后面的战士气得脸上青筋突起，端起机枪就要往前冲去。

为了避免更多的伤亡，团政委张瑞厚立即制止了他们的行动，并当即同团长和其他团干部研究对策。

干部们商议后决定改变正面硬拼的打法，首先让炮火压住敌人的火力，再让工兵迅速排雷，同时再组织起另一部分力量迂回进攻，不断地紧缩对敌人的包围。

战士们按照新的战法，一间房挨着一间房地向前逼近，敌人连续组织突围，但都被我军猛烈的炮火给打回去了。

时间一分一分地过去了，天色逐渐黑了下来，战士们打得非常艰苦，但对敌人的包围圈越缩越小了。

看着渐渐逼近的解放军，被困在关上阵地的敌人，

解放重庆

惊恐万状，乱作一团。我军趁势展开阵前喊话："蒋军官兵们，快投降吧！解放军优待俘虏，只要你们放下武器，我们会保证你们全体人的生命安全。"

敌军仍在顽抗，而且朝喊话的地方打枪，我军战士立即狠狠地还击。

敌人的顽抗很快被我军打哑，等他们停止枪击后，我军又继续喊话，敌人才渐渐静了下来。

不一会儿，从漆黑的关上跌跌撞撞地走下一个人来，这家伙一听我们前面的战士拉起了枪栓，立即吓得腿一软，跪倒在地说："别开枪，我是来投降的！"

此人向我前面的战士声称自己是敌军副官，并要求见我军的领导。

战士将他带到了我军指挥所，团政委张瑞厚在指挥所里问明情况，向他交代了政策和要求，然后放他回去了。

敌军副官回去后，关上顽抗的敌人按照我们指定的路线，排着队走下关来，全部缴械投降了。

攻占浮图关后，山城西大门顿时大开，九十三团沿着陡峭的石板小路不停地跑步前进，向重庆市区奔去。

合围重庆朝天门

从 11 月上旬起，我军二野主力就从川湘公路入川，先后攻占秀山、酉阳、彭水；四野一部由恩施、来凤西进，直抵黔江。

经过紧张而艰苦的追击，我四十七军一四一师到达彭水乌江东岸，为了等待向贵州前进的我军部队前往川西迂回，他们没有立即从正面发起攻击，而是派出几支部队在乌江右岸走小路向涪陵方向迂回，以便切断宋希濂撤往重庆的退路，将他们在川东全歼。

我一四一师四二三团战士也是担负这个迂回任务中的一支部队，他们在接受命令之后，在团政委李钦哲等人的带领下，即从郁山镇下了公路，在乌江右岸日夜兼程，爬高山，走小路，迅速地向武隆西面的白马场迂回前进。

直到 11 月 20 日中午，我四二三团在乌江右岸的山区插到了彭水、武隆的西边，到达了白马东北乌江北岸的土坎场。

从土坎场向南眺望，可以看见乌江两岸的陡峭山势。在乌江南岸一带，根本就没有敌军的防守，而在南边 5 公里多的公路上却可以看到敌军的车辆和部队。

四二三团政委李钦哲认为，当下赶快截住公路上向

解放重庆

西运动的敌军才是最紧急的事情，于是命令全团从数百米高的陡坡上滑下来，借用绑木筏的方式渡江。

可是木筏在江流中总是打着旋，难以前进。

15时，乌江江面上从涪陵方向漂来了4只木船，李政委立即下令截住小木船，并借此将部队运到乌江南岸。

但由于船太小，而我军的战士却很多，部队在渡过两个营的时候，天就黑了下来。

渡江的前卫战士们刚一上岸就直逼公路北侧的高地。此时，天色已近黄昏，敌人散向公路沿线的村中宿营。

怎么办呢？若是立即向敌人进攻，敌人会就此逃走，甚至还会把村中的村民作为人质，实在不是上策。

于是，团首长决定当晚暂不向敌人进攻，把两个营秘密地运动到公路北侧的高地占领阵地。前卫部队的战士们就这样顶着蒙蒙细雨在山上整整守候了一个夜晚。

第二天一大早，部队向公路上的茶园等村庄发动攻击，切断了敌人从武隆去重庆的公路。很快，村中的敌人被解决掉了。但从武隆方向沿路扑来的敌人，却带着六七辆汽车向西路逃脱。

我三连战士占领公路两侧的高地坚决进行堵击。三营通讯班急中生智，打穿敌人汽车轮胎，阻击敌人，随后，又用手榴弹打退了敌人的四次进攻。

当天上午，四二三团全团共捕获了1000余名敌人，向白马方面追击后，又俘获敌人六七百名。

至此，敌人防守的东大门终于被我军打开了。

四二三团在过白马西进至南川时，奉命改向右边冷水场、广阳坝前进。

这一路上，我四二三团战士们又歼灭了许多罗广文兵团的残敌。

到了30日中午，四二三团进入了重庆以东25公里靠长江边上的一个小镇，这里就是广阳坝了。

这个镇边的沿江船只很多，其中就有刚从重庆逃出来的3只小火轮，他们是重庆民生轮船公司的船队。

民生船队得知解放军将要前往重庆，便非常配合地帮助我军渡江。

我军登上火轮后得知：重庆的国民党军队从昨晚起已经开始陆续逃走。为了使重庆在敌人撤退时少受破坏，部队必须赶快向重庆前进。

经了解，国民党在长江上有个江上舰队，共有7艘兵舰，从南京、汉口退到了重庆，据说靠在朝天门码头附近。我四二三团于这天18时多进抵重庆朝天门码头对岸。

一到那里，当地的群众就纷纷反映，市内国民党军队在上午已经逃完，敌兵舰还在江边停靠。

为了对付这些兵舰，四二三团部队下船后在岸边占领阵地，架起重机枪和小炮。战士们找到了一批小木船，一只船上坐一个班的战士，手里都拿着很多手榴弹准备向敌舰方向驶去。

当木船接近敌舰时，船上的战士开始向敌军喊话，要求他们投降。

这时的敌军一如反常，并没有进行抵抗，于是，我军的战士顺利地登上了敌人的军舰。

驻守在军舰上的舰队司令叶裕和，自动地将军舰上的武器和物品交给了我军四二三团政委李钦哲。并说，国民党已彻底完了，上头给的命令是死守重庆，而他们自己却在昨晚悄悄地撤走了。他们是水兵，向上游开水浅开不动，下船上岸又没有汽车，就只好把船只交给我军了。

四二三团部队随军舰进入市区后，其他驻守在市内的国民党军也纷纷投降。

与此同时，十一军九十五团团长严大芳率部来到南岸海棠溪，驾船抢渡长江，直插市中区；九十六团团长顾登友率部从大兴场渡长江，攻入五十兵工厂；九十四团团长田世繁与十二军一部，从木洞等地渡长江，攻入市区。

1949 年 11 月 30 日 22 时，重庆宣告解放。

解放西南第一功臣

　　解放重庆是我军西南战役的重要一环。西南战役是继三大战役及渡江战役后,人民解放军为解放全中国在大陆发动的最后一次大规模的战役。

　　从 1949 年 11 月 15 日我军分别占领贵阳及彭水算起,解放重庆的战役仅仅用了半个月的时间。在这样短的时间内,能击破和粉碎国民党近 30 万大军的抵抗,取得解放重庆的伟大胜利,除了刘伯承和邓小平指挥有方、解放军战士作战英勇外,还与解放军的内线、当时任国民党西南军政长官公署代参谋长的刘宗宽起的作用分不开。

　　刘宗宽是陕西人,曾是黄埔军校第三期学生,南京陆军大学优秀学员,毕业后他成为国民党杨虎城将军的部下。1941 年 10 月,胡宗南制造假案,诬蔑刘宗宽为"走私贩毒犯",将他押送重庆交给蒋介石处理。蒋介石一味听信胡宗南要将刘宗宽处死。就在这时,刘宗宽幸好得到几名共产党员的相救,才得以保住性命。不久,他便成了一名光荣的共产党员。

　　1946 年,陆大教育长徐培根推荐刘宗宽到重庆绥署任参谋处处长,他极不愿意接任这一职务。中共四川省委书记吴玉章知道此事后,立即通过有关途径转达了党的意见,要刘宗宽接受任命,潜入敌营,埋伏待命,为即将开始的人民解放战争当一名特殊的战士。

刘宗宽接受任务后，埋头工作，积极争取，果然很快得到了蒋介石和其亲信张群的信任。

1949年春，原重庆绥靖署易名为西南军政长官公署，张群任长官，钱大钧任副长官，肖毅肃任参谋长，由于肖毅肃长期不到职，张群指定其职由副参谋长刘宗宽代理。

同年8月下旬，蒋介石由广州飞往重庆，前来主持军事会议，听取西南防务现状及对策"汇报"，张群指定刘宗宽作"情况判断"汇报。刘宗宽搞了一个诱蒋上圈套的汇报，断言解放军必学三国时的邓艾，由陕入川，建议把防御重点由川东移向川北，加强对胡宗南部的支持。

刘宗宽担心自己的妙计被蒋介石等人识破，于是又故意让胡宗南的副参谋长沈策先看这一汇报。沈策看后觉得这个计划对自己大大有利，便连连点头称好。

接着，这个报告再由沈策提出，经胡宗南大力呼应后，立即得到蒋介石的认可和赞成。

刘宗宽搞的川东防御部署报告，表面上像铜墙铁壁，层层设防，环环相扣，无隙可钻。但实际上，刘宗宽暗施手脚，有意在重庆的酉阳、秀山、黔江、彭水等地区开了个大口子，好让我军二野部队从这里顺顺当当地开进来。

从刘宗宽的布防图可以看出，在设有"川黔边区绥靖指挥部"的地区虽有不少部队，但实际上却是个空架子，所谓"绥靖指挥部"的司令即是该地区的专员，所辖部队纯系地方保安团队，正规国军没有一兵一卒，而且，表面上这个地区似归"川黔湘鄂边区绥靖公署"宋希濂管辖，但刘宗宽在正式文件上又故意不加以明确，使宋希濂想管也不能管。后来，二野主力正是按刘宗宽的设计与建议，毫无阻挡地进入了东川，然后直插重庆。

重庆军事会议后，刘宗宽利用代参谋长的大权，立即把罗广文部调到川北，进行紧急布防。未等罗部喘上一口气，他趁刘邓大军已从秀山、彭水入川之机，又马上将罗广文部从川北连夜调回川东，使罗部疲于奔命，丧失了战斗力，未等布防完成，罗部就继宋希濂之后，在白马山一带遭到解放军的痛击，被歼大半，余部只好鸟飞兽散。

蒋介石的主力之一罗广文部就这样被搞垮了。在重庆即将解放的最后时刻，蒋介石下令调集 800 辆汽车入川，北上接胡宗南的主力前来保卫重庆。刘宗宽得知此事后，立即安排二野情报人员持西南军政长官公署的护照，化装成国民党军官通过重重防线，顺利地将情报送达二野前线指挥部。解放军得到情报后立即加快了进军速度，使胡宗南的第一军刚被运到重庆，还没来得及展开，就被击溃了。

11 月 28 日，蒋介石又将率领西南军政长官公署官兵往成都撤退的重任交给了刘宗宽。

解放重庆

刘宗宽命令总务处长率先领队出发，自己则去准备迎接解放军的事情了。

到 11 月 30 日重庆解放后，刘宗宽终于公开地站在重庆朝天门迎接解放军的行列中了。

第二野战军李达参谋长接见了刘宗宽，并代表刘伯承、邓小平两位首长对他在解放重庆中所作的重要贡献给予了充分肯定。

刘伯承赞扬他为"解放西南第一功臣"。

三、护厂护校

- 电力公司董事蔡鹤年说："你们要想尽一切办法把厂保住，如果有事或需要钱可以随时找我。"

- 俞濯之在对工厂工人讲话时说："工厂就是工人的饭碗，工人离开厂就活不了了！"

- 简国治欣喜地说道："国民党逃跑了！听，解放军的炮声很近了！"

护厂队智斗国民党军警

1949 年 11 月 29 日，山城重庆的天空灰蒙蒙的，仿佛压得人们透不过气来。

16 时左右，一队国民党军警在警察六分局局长鲜善于率领下，乘着卡车来到了大溪沟电厂门外的平康茶馆旁。

他们身穿黑色制服，全副美式装备，手提装着"TNT"型炸药的黑色木箱，一下车便迅速集合队伍。

接着，鲜善于带着几个军警杀气腾腾地直奔大溪沟电厂而来。他们让工人找来电力公司总经理、商会常务理事傅友周，向他下了最后通牒："我们遵照上级指示，前来执行任务。请你立即率领工人退出工厂，否则我们就要打进来。限你在半点钟之内答复！"

鲜善于说完就走了。傅友周见形势十分紧张，便立即找到护厂的骨干成员胡植林、刘素民等人商量对策。

原来，傅友周早就知道国民党保密局局长毛人凤欲破坏重庆工厂和城市的罪恶计划。

早在 11 月 20 日毛人凤制订破坏计划之初，重庆市商会会长、电力公司董事蔡鹤年就在我地下党的影响下，要求傅友周想办法护厂。

蔡鹤年说："你们要想尽一切办法把厂保住，如果有事或需要钱可以随时找我。"

11月23日，傅友周主持召开了重庆电力公司各部门、各厂以及办事处主管人员会议。大溪沟发电厂出席会议的有业务科长易忠朴、厂务主任欧阳鉴、事务科职员连钟毓等。

会议商议，先把着重点放在收买国民党军警当局上，若这个办法不行，再实施武装保护电厂的办法；钱由公司出一部分，另一部分由各厂自己筹集，可以在公司员工里借贷，事后由公司发还。

枪支弹药厂警有一部分，不够的由傅友周到电力公司名誉董事长、原川军将领潘文华处联系商借；公司还做了护厂的人事安排，护厂人员由各厂自己决定。会上还给大溪沟电厂拨来了粮食，作为护厂开支。

会议结束后，易忠朴、欧阳鉴等人又召集了大溪沟电厂有关人员研究护厂事宜。最后决定由欧阳鉴、连钟毓负责后勤工作以及修筑工事，同时选择会用枪的工友成立护厂队。

由于该厂工人曾经历过与国民党军、警、宪、特的多次斗争，加之当时物价暴涨，民不聊生，失业和饥饿时刻威胁着人们，所以，当工人们听到国民党要破坏工厂的消息时，个个义愤填膺，纷纷要求护厂。

工厂很快组成了由胡植林、刘素民、刘德初、唐占武、王正权、张破渊、凌海云、刘安华等30多人的护厂队。并指定厂警负责人郑宗荣任队长，胡植林、刘素民、

护厂护校

刘德初分任一、二、三班班长，另外尚有不拿枪的工友也用铁棒、火钎武装起来。

为了有效护厂，护厂队进行了明确的分工：刘素民负责大营门（厂大门），刘德初负责锅炉、汽机房。另外对后营门通子弟校的临时侧门、厂房四周围墙等都分派专人守护和巡逻。

不久，公司派人去潘文华处联系并押运回部分武器，其中有一部分是坏枪，由厂修配房庄德坤、魏明义等老师傅日夜赶修后及时发给了护厂队。

护厂队还在厂的前后门筑起了沙包，修补了电网，增添了危险警告牌，以随时准备进行战斗。

同时，连钟毓还在全厂职工中筹集借贷了部分黄金、银元，作为今后谈判时应急之用。

11月27日，国民党的大破坏、大屠杀开始了。市内不时传来巨大的爆炸声，全市人民陷入恐怖之中。

29日，形势越来越紧张，一群群国民党溃兵四处逃窜，街市店铺已经关门，行人极为稀少，这时职工家属纷纷携带行李拥进厂内躲避。

厂外不时传来的坏消息，更增加了全厂的紧张气氛。总经理傅友周、总工程师吴锡瀛和公司部分负责人也来到了大溪沟电厂，和全厂员工一起，注视着随时可能发生的变故。奇怪的是护厂队队长郑宗荣一直没有露面。

由于情况紧急，傅友周就让胡植林负责工厂的保卫工作。

傅友周对胡植林信任地说:"工厂就交给你们了,一定要想办法把厂保护下来,全城的用电都靠你们了。"

厂务主任欧阳鉴提示说:"最好不要同破坏队硬拼,要采取妥善办法。"

在场的修配股长杨如坤也提出了建议,他说:"立即停机,使厂内一片漆黑,把护厂队撤进机器房,把守门窗和周围要道,破坏队进来时也难辨方向,弄不清我们的人和枪,他们如敢进犯,我们在暗处打明处也可保证安全。"

商议结束,护厂队员们纷纷行动起来,他们把聚集在厂内的家属迅速撤到厂子弟校和防空洞内躲避,并把一切物资集中放在材料房和汽机房,做好了随时应战的准备。

前来炸厂的军警,见厂里一直没有动静,便向厂门扑来,守卫大门的护厂队员见此情况,立即通知全厂护厂队准备迎战。

这时,一个带队的军官举着枪叫喊开门。护厂队员问:"你们是干啥子的?"

军官回答:"是奉命来保护电厂的,赶快开门。"

护厂队员说:"我们自己有护厂队,不必劳驾你们。"

这样僵持了几分钟,对方见护厂队不上圈套,便命令士兵攀越工事,企图强行进厂。

这时胡植林带领护厂队员赶来,形势非常危急,刘素民喊了一声"卧倒"!

护厂护校

护厂队纷纷举枪瞄准，就在这千钧一发的时刻，公司总务科长张容之、副科长李逢春跑来，站在护厂队与厂门之间，张开双手，向护厂队叫喊："不要开枪，不要开枪！"

这一突发举动，让护厂队愣住了，国民党军警趁机跳进大门，拥进了厂内。

护厂队不得不退到考工室和汽机房进行紧急磋商，决定采取另外的对策，即迅速把队员安排到房顶、晒台架上机枪，对准集中待命的军警。

胡植林向队员们交代，要大家来回走动，借天黑难辨，做出人多的假象，迷惑敌人。另外，要求各机房随时注意，如有外人进入机房，队员立即跟踪监视，不准放任何东西，否则就开枪。

胡植林还要求大家不要说厂里的重要部位，不说护厂队人数和武器情况，如敌人要问，就说厂内外都有护厂队，有几百支枪。他要大家随时做好打的准备，但不要乱放枪，要节约子弹。

负责后勤的连钟毓等人见军警进厂，忙带上香烟、开水前去"慰劳"，并告诉他们说："你们不要乱走，车间到处有电很危险。"

这些军警看见厂内到处有武装的工人，也没敢到处乱窜。

在护厂队加强了警戒的时候，有个军官带着两个士兵先到厂长室对外通了电话，然后就到了锅炉房问当班的工人，厂内哪些地方最重要。当班的唐占武指着锅炉外面的防空洞说："那里最重要。"

然后这个军官要工人把炉火停下来，赶快离开。工友们根本不理他们，这样双方僵持了一阵，军警就走了。

过了一会儿，这家伙又到锅炉房说："你们硬是不走，我们就不客气了！"

工人也硬起来说："就是不走，怎么样？"

这几个人眼见奈何不得，只好灰溜溜地走了。

大约在五六点钟，连钟毓他们到厂对面的饭馆去包了几桌酒席，端到厂内花园坝子，让他们吃。

这些军警心虚胆怯，怕菜饭里有毒药，要连钟毓先吃一点儿，然后他们才狼吞虎咽地吃了起来。

吃完饭，傅友周见军警还待在厂里不走，便给市商会蔡鹤年打电话，说："有股乱军来破坏电厂，在与护厂工人对峙。"

蔡鹤年听说后坐车赶至大溪沟，在厂外与军官交涉说："你们来干什么？"

军官回答："我们奉命检查电厂。"

蔡鹤年说："这个时候了，还检查厂。他们在上班，在发电，你们检查什么？"

军官又说："我们是奉命检查，里面有共产党。"

蔡鹤年说："你们要抓人，我管不着；但如果要破坏电厂，我不答应。电厂破坏了，对重庆损失太大，你们都是重庆人嘛，不要做对不起父老乡亲的事。"

护厂护校

接着他又和这位军官套交情说："我认识你们的长官，由我去给他们讲。这里有 600 块银元，让弟兄们拿去当茶水钱。"

经过蔡鹤年的交涉，这些军警同意撤至厂外。

厂内护厂队员不知道蔡鹤年来过，他们看见军警走了，便松了口气，后来一想，军警这样不明不白地走了，是否又在搞什么名堂？

他们派人去察看，回来的人报告说："他们没有走，还在大溪沟警察所。"

听到这个消息，护厂队员们的心情又沉重起来。这时天已黑了，连钟毓找到胡植林说："易科长叫你去一下！"

胡植林来到唐家院易科长家。易科长说："胡师兄，国民党想把我和总工程师弄到台湾去。我不能露面，这个厂就交给你了；你们要好好保护它，今后厂里会记得你们的。最好不要动武，公司凑了点黄金和银元，必要时拿去同他们谈判一下。以前我们谈过，他们没有接受，你再去试一试，谈的时候可以随机处理，能谈得成最好。"

然后，他拿出一把钥匙，画了一张存放钱的位置图交给了胡植林。

胡植林取到钱后，就和曾渊湘一同到警察所旁边的交谊厅，找军警们谈判，对方来的是大溪沟警察所所长冯督前，后面跟着两个军警。

大家寒暄一阵后，胡植林直截了当地说："你是他们的头头呀？"

　　冯督前否认说："我只是来交谈的。"

　　胡植林说："所长在大溪沟几年，我们电厂的人对得起你，如果电厂炸了，2000 多的职工家属怎么生活，水厂不能供水，几十万人没有水吃，到河边挑水，你忍心吗？"

　　冯督前说："我是协助护厂的。"

　　胡植林见道义感情说不通，就说："这样吧！厂你不破坏。我保你担任公司警队长。这里有点钱拿去给弟兄们做茶水钱，打个让步。"

　　冯督前不要，并做出十分友好的样子说："你们不要作无谓的牺牲，你们听见飞机飞、汽车叫就要马上撤走。"

　　胡植林这时也火了，他斩钉截铁地说："厂在人在，厂不在人不在，你们要是硬干，我们只有相互流血了！告诉你，电厂一炸，方圆 10 公里都要变为平地。牛角沦、上清寺都要翻个翻，我们牺牲了，你们也跑不脱，何况你也有家属在这里。"

　　冯督前听到这话沉默了许久才说："我也没有办法！"他暗示自己受人制约。

　　过了一会儿他又说："我有一个条件，就是我的太太和一个儿子、一个勤务兵他们走不了，希望公司今后能照顾他们的生活。"

　　胡植林当即答应了他的要求，然后离开了交谊厅。接着胡植林返回易忠朴家，汇报了谈判经过，并把保险

护厂护校

箱交还给易忠朴说："以后吉凶难料，我们将以死护厂。"

大约夜里 23 时，胡植林他们回到厂里，向护厂队交代了情况，仍叫大家做好打的准备。

就在这时，突然一声巨大的爆炸声传来，原来是河对面兵工厂炸药库爆炸的声音。这爆炸声震塌了厂里的木质冷却水塔和给水泵，把电也震停了，然而锅炉还在燃烧。

就在锅炉缺水面临炸裂的紧要关头，欧阳鉴、胡植林等人立即赶到现场。欧阳鉴见此危机，马上安排人调节汽机，并对胡植林说："要赶快找人修理！"

胡植林、曾渊湘赶到唐家院找到杨如坤，请他来修理。杨一听给水泵震坏了，马上披衣出门，来到厂里，修复了给水泵。

这时，重庆参议会议长范众渠打电话来说："要保护好电厂，解放军快打来了，这个电厂是重庆的生命。"

12 月 1 日凌晨，一辆吉普车风驰电掣般来到大溪沟电厂门外，下来几个军人叫道："老乡，开开门！"

刘素民听见后问："你们是什么人？"

他们答："我们是解放军。"

"解放军来了！解放军来了！"这个消息立刻震动了厂内员工。欣喜若狂的护厂队员打开大门，像迎接亲人般迎接解放军进厂。

就这样，大溪沟电厂完好无损地回到了人民的怀抱。

老工人拼死保护兵工厂

11月29日这天凌晨，由重庆市中心通往江溪沟、刘家台的嘉陵江渡口上，几乎看不到行人，影影绰绰中可以看见有几十个搬运工正在闪着冷光的刺刀的威逼下，吃力地抬着一箱箱东西，这是军、警特务们在向江北运载炸药。

雾色中，600多箱美国制造的"TNT"型炸药被搬上了船，驶向江北，抛锚后停靠在位于紧靠嘉陵江北岸的山城最大的兵工厂——第二十一兵工厂周围。

这天正是第二十一兵工厂厂休日，厂中除留有几十个正以加班为名守护工厂的稽查和看守大门的警卫治安人员外，绝大多数不上班的工人都不在厂内，国民党特务们正是利用这个时机，妄图炸毁第二十一兵工厂。

一箱箱炸药从船上卸下来，被特务们指挥着运进厂内。他们一手持着"爆破图"，一手指着工厂的几个重要车间说道："这个车间放10箱，那边的车间放20箱，对对对！行动快点……"

兵工厂很快变成了一座炸药库，特务们在厂内稽查人员的引路下，用枪逼着肩负炸药箱的农民打扮的人按"爆破图"逐点安好了炸药，到14时，厂中各爆破点均报告安装完毕，厂中所有职工也全部被赶出了工厂。

护厂护校

在兵工厂上班的老木工吴坤山是工厂里步枪所的一个领工,他为人正直,性情偏强,早在几个月前就成为了"工厂防护团"的一员。

"工厂防护团"是不久前第二十一兵工厂地下党按照上级党组织要求,动员进步群众参加的一个护厂组织。地下党对防护团采取"打入、分化、利用、争取"的斗争策略,对防护团团长、厂长俞濯之开展了统战工作。

俞濯之曾留学英国,颇有政治头脑。共产党员赖琮瑜、蒋金土多次和他接触,向他宣传我党的方针政策,并明确地向他提出保护工厂、迎接解放的要求,俞濯之听后欣然同意。

俞濯之在对工厂工人讲话时说:"工厂就是工人的饭碗,工人离开厂就活不了了!""管他国民党共产党,工人就是要保护厂!"

俞濯之还具体制订了护厂计划。可此时俞濯之不在,工人们却被赶出了厂外。特务们还把住了厂门,不让任何人进去。

工人正在焦急的时候,防护团分队长、老工人吴坤山从一个工人家里出来回厂。他走到厂门口也被一个特务挡在外边。

吴坤山穿着一身军装,一顶军官帽端端正正地戴在他的头上,他见到厂门口的拦路人说:"我住在厂里,进去收拾一下东西就出来。"

这特务见他气势不凡,摸不清他是什么人,就放他进厂了。

吴坤山是个单身汉，一直住在厂内，他回房休息了一下，收拾了衣物，暗想：解放军什么时候才会来呀？看来敌人就要动手毁厂了，我要想个办法才行呀！

吴坤山一边思索着，一边步出房门，他忽然看见步枪所的稽查杨剑正指手画脚地在厂房门外说着什么，10多个搬运工在他的指挥下向厂房上堆砌炸药。

吴坤山的头嗡地一下响了起来，他立即走到杨剑跟前，厉声对他喝道："杨剑，你怎么可以做这种伤天害理的事情呢？厂子可是炸不得哟！管他什么党，都是中国人，工厂总是得要的吧！厂子周围还有那么多老老少少，你就不怕……"

正说着，杨剑打断了他的话："你啰唆什么！现在都是什么时候了，我要不是看在你是领工的分上，我就……"杨剑挥了挥手中的拳头。

吴坤山摇摇头，站在了一边。

天色渐渐暗淡下来，从远处传来了阵阵炮声，是解放军攻打城郊的声音，吴坤山急中生智说："哦！刚才我进厂时，看到好多稽查都上轮过江去了。"

"真的？"杨剑听了吴坤山的话，吃了一惊。

吴坤山见他上了钩，又添油加醋地说："谁骗你！刚刚是我亲眼看见的，秦稽查、高稽查他们都坐上'宝福轮'走了……哦！还有许多穿军装的，应该是'内二警'的人吧！你怎么还在这里呀？"

护厂护校

杨剑听吴坤山这么说，看了看已经安放好的炸药，招呼运炸药进厂的 10 多个搬运工仓皇地向大门口撤去，他一边走，一边对吴坤山说："你动不得的啊！这些东西马上就要爆炸了！"

吴坤山见特务们大部向厂外撤去，知道此时离爆炸的时间一定很近了，他决心要发挥自己这个防护团分队长的作用，立即护厂！他想到稽查官兵们有枪，自己也不能赤手空拳，就急忙跑进厂房取出事先收藏的一支步枪和子弹，放在手边暗处。

这时忽然来了三四十个扛炸药箱的，由 6 个兵押着，借着昏黄的路灯光，吴坤山看见走在前边的是一个连长模样的人。

吴坤山正在考虑如何对付这些官兵，只听那军官叫了一声"老杨"，拍拍吴坤山的肩膀说："一共是 147 箱，都齐了，你点个数。"

原来这国民党军官把吴坤山当做刚离厂的杨剑了。吴坤山顺水推舟地"嗯嗯"答应着，不一会儿就将这些只管运不管其他的人打发走了。

吴坤山去关锁大门时，发现守门老工人余兴发和另一位老工人徐龙华也还没走。他们便商量一起去顶死大门，再把不坚固的后门守住。

吴坤山叫他二人坐在后门耳房里，遇事见机而行，不要害怕，自己则守在前面门卫室。

22 时左右，前门外来了 3 个骑马的敌兵，大叫："快开门，我们是奉蒋委员长之命来检查的。"

吴坤山想：来者不善。他不慌不忙地回答说："嚷什么嚷！我们也是奉委员长的命令来守门的。"

骑马的敌兵从马上下来，拿出枪对吴坤山进行威吓。

吴坤山立即从门卫室的窗口露出笑脸，镇定地说："自己人！不必这样，一切都弄好了，不需检查。要检查，就要有委员长亲自批的条子。"

为首的军官问："你们是哪部分的，有多少人？"

吴坤山摘掉军帽，露出了那灰白的头发，傲气十足地回答："指挥部的，这里现在有 60 多个弟兄。怎么样？放心了吧。"说着，他又向后门的余师傅和徐师傅示意，让他们拉动枪栓，敲打东西，故意虚张声势。敌兵摸不清虚实，敷衍几句，只得掉转马头跑了。

原来，他们正是为那 147 箱炸药来安装雷管的，他们听到了厂里的声音，认为工厂里的引爆装置已经有人负责了，便向其他地方跑去。

当天夜里 23 时左右，国民党特务按时引爆了其他兵工厂的炸药，而二十一兵工厂却在吴坤山等人的保护下没有引爆。

第二天上午，特务们堆放在兵工厂工具所的炸药爆了一部分。步枪所、机器所、修枪所、办公厅、材料科、会计处等地还有许多尚未爆炸的药箱。

面对这些还有可能为工厂带来危险的炸药箱，吴坤山找来了在工厂上班的全体职工，他将敌人的阴谋告诉

护厂护校

给了来工厂上班的全体人员。他说："我看到敌人安的炸药箱，没装火线，箱里是不是还有什么机关？我也不晓得。但是，如果里面装有定时炸弹的话，我们就更应该早点拔掉药箱。不管怎样，只有一个办法，就是立即将它们搬除。大家拖儿带女的有顾虑，我一个60多岁的老头子没什么牵挂，我来搬第一箱！"

吴坤山带了头，大家也跟着搬。就这样，那147箱炸药不到两小时就被厂里的职工给清除掉了。

出了兵工厂的厂门，就是嘉陵江，职工们又继续将这些炸药全部扔进了江底，将它们喂鱼去了！

就这样，二十一兵工厂同重庆人民一道迎来了山城的黎明。

想方设法护卫主要设施

同样是 11 月 29 日这天，国民党特务用大卡车运了一卡车炸药，来到距山城的另一个大型兵工厂——第二十四兵工厂厂房仅几百米远的磁器口石井坡一线，企图伺机进厂炸毁这所兵工厂。

第二十四兵工厂也是重庆的大型兵工厂之一，主要生产手榴弹、地雷、八二迫击炮弹、飞机炸弹、"中正"式步枪管和枪榴弹等。抗日战争前夕，曾以炼出了我国西南地区第一炉电炉钢而远近闻名。到解放前夕，该厂已年产钢达 2700 多吨，是重要的兵工企业之一。

第二十四厂职工闻知国民党特务要炸毁工厂后，立即进入了高度戒备状态，他们早就准备好了要怎样对付这场爆破。

这个厂的厂长原是留法军需专家杨吉辉少将，他从建厂之日起就是该厂的负责人。1948 年底至 1949 年初，被蒋介石通缉的国民党革命委员会主席、新中国成立后任中央人民政府副主席的李济深，在杨吉辉家中避难时曾劝杨吉辉认清当前形势，不要再为老蒋卖命。

杨吉辉购机票送李济深去香港后，于 1949 年 1 月写了辞职报告，10 月被批准辞去了第二十四兵工厂厂长职务，副厂长熊天祉接替了他的位置。

护厂护校

杨吉辉辞职后，仍时刻关注着自己亲手创建的钢厂，并继续行使着厂长的权力。11月下旬，他得知军统局要将重庆的重大设施进行破坏的消息后，深知自己一手创办的二十四兵工厂必然遭难，就去找国民党重庆市市长杨森说情。因为杨森是他的学生，他们私下的关系不错。

杨吉辉找到杨森非常难过地说："我怎么能忍心亲眼看着这个花费了我一生心血的钢厂就这样完了？"

杨森听后显得十分为难，他说："这事我管不了。不过，我听说此事已由'内二警'彭斌部队担任警戒，你可以找他交涉。"

为了保厂，杨吉辉不惜低声下气多方求情，费了一番周折总算找到了彭斌。

此人原是刘湘部队出身，早与杨吉辉相熟。他对杨吉辉说："我们只担任外围警戒，可以发特别通行证让你随时出入厂区。但是具体爆破由军统人员负责，我们不能过问。"

杨吉辉利用特别通行证，进厂几次，找到熊天祉厂长和军统的稽查处负责人多次寻求护厂的方法，商议在已无法阻止毛人凤派出军统特务实施爆破的情况下，采取消极对抗之策，尽量减轻破坏程度。杨吉辉对他们说："钢厂员工几千人要生活，要给他们留碗饭吃。交警部队不懂工业，我们可以糊弄他们嘛。如发动机可以隐瞒往防空洞里放，他们不会知道文昌宫还有个第二发电所，炼钢炉可以让他们爆破非要害部分，把那些无关紧要的指给他们，把运进来的炸药消耗掉算了。其他还有什么好办法呢？"

为了防止敌人破坏炼钢部的甫澄炉和吉辉炉的电力变压器，及全套电炉调节设备，杨吉辉决定由工程师李先银出面，找到工厂中一些老工人商议护厂办法。

技术人员刘耀光和王成高提议，保厂的关键是保护动力部免遭破坏，因为没有电，所有机器都会成为一堆废铁。其次是炼钢部的电力电器设备、轧钢部的一套电机，这些都是至关重要的。

于是，工人们借保护透平机输油系统干净畅通为名，将所有的油道检查孔的保护盖上锁。将文昌第二发电所通水池的巷道、陈灰间到下透平的通道、用砖砌成墙堵死。陈灰间上锅炉房的楼梯门盖也加上锁，上下不通，紧急时只有一个门可进出，并能锁上。

对于兵工厂的第一发电所，在其汽包侧加装一排气管，紧急时打开此汽管，锅炉房、透平间都将被高温蒸汽冲开，人不能入，可长达数小时。停工时锅炉里保留部分蒸汽，以备在国民党特务进入现场时放出蒸汽，进行抵制。对外通行的三个门，也照样把下透平的外通道用砖砌成墙堵死，只留一个门进出锅炉房。

工人们对炼钢部采取的措施，首先是防止破坏甫澄炉和吉辉炉的电力变压器，以及全套电炉调节设备，这个工作由李先银出面，借口从安全角度出发，防止闲杂人随便进出，以免造成事故，装上铁门，不开工时就锁

护厂护校

上，把全部电器设备保护起来。然后，工人们保护好新从美国买进的两套电炉设备的全部调节设备。由李先银、王成高、刘耀光共同查勘了场所，认为藏在转炉鼓风机房内，锁起来最恰当。再由李先银出面，说服一些工人抬入其内。

李先银、王成高、刘耀光带领工人们昼夜奋战，将一切保护措施做好，尽量减少工厂的损失。

11月29日晨，数百箱炸药在军统特务的押送下源源不断地运进了工厂。第二十四兵工厂处在了最危险的关头，厂区附近职工家属见状，不得不慌忙夺路向后山奔逃。

特务们按计划进入厂区后把炸药运向指定位置，出乎意料的是重点爆破目标第一发电所锅炉房、透平间内高温蒸汽弥漫，他们根本进不去。特务们只好等到蒸汽消散，到当天下午才打开第一发电所的通道大门。

特务们在受阻和时间紧迫的情况下，恶狠狠地把动力部主任刘充及熟知厂情的谢伯元等人抓了起来，拷问他们厂里哪些地方是要害部位，刘充等人临危不惧，见敌人进厂后在工人们事先布置下的道道障碍和"墙壁"下如无头苍蝇乱撞，心中暗笑。

为了拖住敌人，延缓爆破时间，刘充等与敌人展开了巧妙的周旋，致使这股敌人难以按期实施全部爆破计划。

当天晚上，敌人还是将炸药放进了第一发电所的厂房，随着爆炸声的响起，第一发电所厂房和发电机及两座炼钢炉均被国民党军炸毁。

但庆幸的是，二十四厂的第二发电所和厂中的其他一些重要设施却在工人群众的机智保护下侥幸地留存下来。

第二天晚上，重庆解放了，中国人民解放军十二军三十六师一〇七团到厂担任护厂工作。

几天后，重庆市军管会派军事代表江敏进厂，领导第二十四兵工厂全厂职工很快恢复了生产。

护厂护校

地下党员以身殉职

11月28日，一艘名叫"同心"和一艘名叫"同德"的登陆艇同时停靠在重庆第二十九兵工厂的一号码头。不久，人们便看见荷枪实弹的国民党特务押着劳工在搬运什么东西。

待东西搬运完毕，人们才看见堆放在码头上的木箱上赫然写着"TNT"几个黑色大字。

原来，这是军统特务运来准备炸毁第二十九兵工厂的烈性炸药。

第二十九兵工厂位于重庆市中区西南长江岸边，是当时重庆较大的兵工厂之一，又名大渡口钢铁厂，是毛人凤、杜长城所标绘的爆破图上的重点工厂。

我地下党在这个厂没有建立什么组织，全厂仅有刘家彝、胡树廷、刘家模三名地下党员，且又是各自为战，相互间无横的联系。但他们却在上级党组织"保护工厂，迎接解放"总的精神下，团结身边群众，为护厂作出了贡献，这三名地下党员中又尤以刘家彝最为突出。

第二十九兵工厂的地下党工作，过去一直是在中下层进行，这三名地下党员的工作职位又处在基层，因此突然展开护厂工作，转而进行上层领导的工作就显得难度很大。工程师刘家彝由于职务不高，只能在中层人士中活动，上级党组织指示他以自己的公开身份，在中层制造舆论，以战乱期间保家、保厂的名义，影响和推动中上层职员向厂方提出了成立"应变委员会"的要求，并提出这个部门应由各职能部门和车间负责人组成，刘家彝理所当然成了"应变委员会"中的一员。

在刘家彝等地下党员的发动和组织下，第二十九兵工厂的护厂活动迅速走向了有组织、有计划的阶段。工人群众积极行动起来，各车间的职工都聚集在自己的车间，截钢筋为长矛，变各种金属工具为武器，以车间为单位成立了护厂队，昼夜在厂区巡逻。有的工人把家属也带到车间，吃住在机器旁，决心护厂。

刘家彝利用厂"应变委员会"的合法组织，遵照上级党组织的指示，多方为护厂创造有利条件，向厂方名正言顺地提出了许多护厂有力措施，这就为工人群众开展积极护厂提供了公开的理由和"官方靠山"。

第二十九兵工厂 101 发电所是国民党特务爆破的预定核心目标。该所负责人、工程师简国治和副工程师古传贤等人，在地下党的号召和影响下，以厂"应变委员会"要求加强戒备为理由，组织卢业祥、赵海云、涂巨权、熊德云等护厂积极分子，在发电所周围架设了电网，电厂有 30 多名工人在刘家彝、简国治领导下紧闭厂门，电厂护厂队在队长张金山、副队长卢业祥带领下，警惕地守卫巡视着厂区。

骄横的国民党特务未料到第二十九兵工厂工人群众

会有如此坚强的护厂决心，特别是发电厂的防卫更使他们连厂门都进不去。而毛人凤的爆破计划和蒋介石的总爆破令时限，更使被派驻大渡口片区的爆破指挥官陈海初如坐针毡。穷凶极恶的特务决意要杀一儆百。经暗中调查，他们把走家串户积极宣传护厂保家的胥良等人于26日深夜逮捕，胥良是中国民主同盟盟员、本厂火砖部的司磅工人。

28日晨5时，这几名护厂英雄于厂区附近的双山英勇就义，为护厂洒下了一腔热血。

敌人的暴行并没有把钢铁厂的工人们吓倒，工人群众在护厂英雄们的鲜血面前反而更坚强起来。就连厂长、总工程师王怀琛也站到了工人群众一边，在地下党员的工作下，巧妙地与敌人周旋。国民党特务曾几次下手要绑架这位留德冶炼技术权威专家到台湾，都被挫败了。

毛人凤在听说这位王厂长"失踪"后，气得大骂特务不中用，最后竟下令弄不了个活的抬个死的去台湾也行。

结果是这位技术专家在地下党组织的挽留下，在新中国成立后成了建设社会主义不可多得的专业人才。

无恶不作的特务们在大爆破前先以抢劫为能事，还美其名曰"炸飞了岂不更可惜"，对厂中的贵重物品大肆抢掠，装入私人腰包。特别是厂中的稽查人员，这些"土特务"们，更是名副其实的家贼，稽查袁时中、林佩韦等人，即以筹措打游击经费为名，将全厂工人的工资

200 两黄金抢走。

28 日 9 时，稽查刘庆余全副武装闯进了厂化验室，对仍坚持值班的工人易坤山威逼说："你还在这里守什么厂，共产党马上就打过来了。你快把装白金锅的保险柜钥匙交出来，由我们这些带枪的守好了。"

易坤山一眼就看穿了刘庆余不怀好意，说："我们工人没有钥匙。"

刘庆余求财心切，用枪逼着易坤山去找工程师苏德海。易、苏二人借机躲了起来，急得刘庆余用重磅铁锤猛击保险柜。保险柜被砸扁了，但最终没有被打开，里面的 10 多个白金锅保护了下来。此时的钢铁厂已处于一片混乱中。

这天下午，由交通警察担任警戒的钢铁厂四周，警卫森严，一片恐怖景象。一辆美式吉普车吼叫着风驰电掣般冲进厂区，来人正是大渡口区爆破指挥官陈海初和负责具体爆破技术的王知良，第二十九兵工厂的大爆破行动随着这二人的到来拉开了幕布。

满脸杀气的陈海初、王知良急匆匆下车后，吼叫着把几个还在厂中的厂负责人集拢在一起，传达国民党国防部渝管制第 601 号训令。王知良那南腔北调的嗓音，把这个训令念得更让人浑身起鸡皮疙瘩："听到没有？现在全厂立即停工，所有员工一律离厂回家。安全嘛，由重庆卫戍司令部派兵保护工厂。这是市长杨森的命令，听清楚了吗？"

王知良把手中的训令向大家抖动着，可谁也没抬头看一眼。接着，陈海初穿着黑色高筒牛皮靴的脚向吉普车门踏板上"咣当"一站，使得大家为之一惊，他开口直言："没什么好说的了。现在我以指挥官的身份宣布，解散工人护厂队，立即撤出厂房。否则不要怪我不讲情面。"

陈海初一边说着，一边踏进了吉普车，轰鸣的马达声把"情面"那两个字甩得远远的。

两个小时后，厂内的警卫大队及护厂队被武装特务赶出了厂外。而发电厂内的10多名工人在刘家彝、简国治领导下，死守在厂内，围墙上嗡嗡作响的电网使特务们望而却步，无法从正面进厂。

离预定爆破时间很近了，急得欲立即完成任务的特务们抓耳挠腮。这时部分特务施诡计，从正面厂门吸引住守厂工人的注意力，10多个武装特务从电厂后面的悬岩上搭长梯偷偷爬进了厂区，守厂工人冷不防被特务包围了，在枪口逼迫下，一个个被捆绑出厂区。在特务们的得意狞笑中，工人们泪水长流。

码头上，100多名搬运工人在特务的淫威下排成几列，把几百箱炸药搬进厂区地磅房。然后，由王知良按爆破图所标，指挥各个特务分别押着携带炸药的搬运工走向预定分工爆破的目标。

工厂中一切机器都停了，昏暗的路灯由白变黄，再变为一点红星，最后全部熄灭了，随着发电厂内的护厂工人被捆绑出厂外，喘着粗气的涡轮机在"吭哧"了最后两声后再也动弹不得了，全厂一片漆黑。

简国治的家离厂区很近，他和几个工友们焦急地趴在窗台上，眺望着工厂中像鬼火一样的几束手电筒灯光，这是特务们在安放炸药。

已是 30 日凌晨 2 时，国民党特务把 10 多吨炸药分别安放在了装有两台 1500 千瓦发电机的一所透平机房和二所的 20 吨炼钢炉、100 吨炼钢炉等重要部位。

此时，江北岸传来了其他特务炸厂的爆炸声。重庆市东南不远处解放大军的隆隆炮声，使第二十九兵工厂中正摸黑放置炸药的特务们非常震惊，他们已来不及在每堆炸药上串接导火索，仅在炸药堆上插进定时引爆器就仓皇喊叫着逃离厂区，王知良特别叮嘱那个在引爆器上定时的特务："一定要留够我们撤到登陆艇上的时间！"

哨子声、狂呼声、急促的跑步声掠过厂区。伏在窗台上的简国治欣喜地说道："国民党逃跑了！听，解放军的炮声很近了！"

他回头向妻子说道："我出去看看。现在的重要任务是保护好电厂，以后生产要用水用电。"

妻子关心地问道："现在外面还很危险吧？那么多炸药。"

简国治坚定地回答说："正因为危险才要去保护它。"说着转身从枕头下取出锋利的匕首装入裤袋，刚欲出门又转回来把定亲戒指轻轻戴在妻子的手指上，并把伴随

他度过大学校园生活的钢笔和手表取下放进妻子颤抖着
的手里。

简国治一定明白此刻妻子所说的那"危险"二字的
分量。他坚毅地跨出了门口，立即有一群工人簇拥着他
向电厂奔去。

厂区内，特务们把炸药堆放在机器上、锅炉旁、电
机间，电厂内上上下下都布满了炸药，有的雷管露出半
截，大有一触即爆之势。

简国治派曹仲良等人跑到李子林医院后山防空洞内，
找到王厂长，组织人力抢运炸药出厂区。古传贤闻讯，
不顾正躲在山洞里发高烧已生命垂危的儿子和已怀孕的
妻子王秀珍，奔出山洞投入护厂斗争。

晨光中，简国治去找厂长的途中两次路过家门口，
儿子伸着小手喊着："爸爸！爸爸！……"

但他来不及抱一抱孩子，又继续向厂里跑去。

一所所长黄国安也带人赶来了。刘家彝和简国治等
人立即指挥来到的 20 多个人排成一条长龙，十万火急地
把一箱箱炸药向离厂房较远的空地上传运。

7 时过，锅炉房内的炸药被安全运出去了，大家又开
始转移发电机房的 100 多箱炸药，简国治、黎勋文、黄
国安等技术人员，竭力从炸药堆中寻找出起爆引信。时
间滴滴答答一分一秒地走过了。

刘家彝一直跑前跑后，他从厂部赶回现场后见天已
大亮，而发电机房内的炸药才运了不到一半，他急催简

国治速让电话员陈廷甫通知人再来支援。20多个人要搬运10多吨炸药出车间，没有昨夜特务们搬进厂数倍的时间，显然是不够的。此时已是早晨8时30分了。

陈廷甫按照刘家彝、简国治的吩咐刚走进电话总机室门口，忽然，身后一声巨响，引信定时起爆时间到了。正在搬运炸药的刘家彝、简国治、古传贤、黎勋文、曹仲良、庄文宇、田玉清、任安炳、陈建铭、柳传、张金山、王昌、张国梁、罗万忠、吕治平、王吉之、陈廷甫等17人，全部以身殉难，壮烈牺牲。

同时，配电间、工具间、电话总机间等处的炸药也相继爆炸。各处机器设备、厂房和全部设施都被这强大的爆破力摧毁炸坏，工厂变成了一片废墟。

黑云翻滚，天色暗淡，似乎不忍看这腥风血雨的悲惨景象；群山低头，长江呜咽，仿佛在控诉国民党特务的滔天罪行。

烈士们的血没有白流。17时30分，就在烈士们牺牲9个小时后，中国人民解放军占领重庆，重庆大部分工厂和设施都基本上完好无损地回到了人民手中。

护厂护校

学生护校日夜巡逻

1949年11月28日天黑以后，重庆市沙坪坝已家家关门闭户，在津南村后面，一个全副武装的国民党兵向前面的南开中学奔去。

当他正要走到学校门口的时候，从校门内走出几个手执大棒的学生拦住了他的去路，并随即向他大喝一声道："干什么的？"

只听这个家伙急忙回答说："哦！请不要误会，我只是个过路的，仅仅路过而已。"说完，他马上扭头就跑。

这是南开中学在重庆解放前为防止国民党残部破坏学校而做的护校工作。

南开中学是所私立学校，校方对保护校产很有积极性，在重庆地下党的策动下，学校组织了"应变委员会"，由校务主任喻传鉴负责，有几位教师和高三年级各组的班长参加。

10月中旬，"应变委员会"召开会议，决定由学生伙食团立即采购3个月的食物储备，以备局势紧张时用。

10月25日，"应变委员会"在图书馆楼下召开第二次会议，会上确定各班在护校中的分工和职责及组织机构。会议决定，将护校总部和值班室都设在图书馆楼下，护校学生也全部住到那里。

各班分配防区，日夜巡逻，一旦哪个防区出事，立即前去支援。各防区有情况要向总部报告，总部要随时掌握护校工作的全局。

会后，各班都搬到防区，开始了每天的保卫工作。

11月27日17时许，设在南开中学附近的国民党军的军火库开始销毁军火，学生们在学校看到校外火光冲天，听到轰隆隆的爆炸声不断。

很多同学还跑到范孙楼附近和楼顶去观看。他们从火光中看到国民党反动派的恐慌和绝望，从爆炸声中好像听到了广大人民为欢迎人民解放军而即将点燃的鞭炮声。大家不但不感到惧怕，相反感到高兴和庆幸。因为这个现象充分暴露了国民党所谓的"死守重庆"是一句空话，因为他们正在准备逃跑。

这些护校队队员使用的一律是童军棍和垒球棒，大家戏称他们为"棒子队"。

"应变委员会"在第一次会议上曾就使用什么武器进行过专门讨论。有人主张用军训操练的破步枪；有人反对，认为这些枪都是坏的，又没有子弹，只能吓唬人，搞不好会弄巧成拙，若国民党军看我们有枪，首先开枪，学生们只会吃亏。因此决定只用童军棍和垒球棒。

11月28日白天，沙坪坝已家家关门闭户，校门前的马路上，不断开过一些国民党军撤退的汽车。一到傍晚，就开始出现国民党溃逃的败兵，呼兄叫弟，疯狂逃命。护校守门的同学不断听到败兵在叫："弟兄们！快跑！我到前面等你!"

也有少数兵痞,三五成群地去砸小铺子,不过只要老板知趣,从门缝里扔点钱出来,这班兵痞也不敢久留,拿到钱就争先恐后逃命去了。

11月28日午夜,马路上已冷冷清清。突然远处传来马达声和炮声,同学们以为战斗的场面即将出现,都精神抖擞地准备迎接战斗。

这时开来一辆卡车,车厢里放了一门迫击炮。国民党士兵不断地往炮筒里装炮弹,迫击炮在车上一边走一边射击,炮弹呼啸而过,不知飞往何方。

同学们看得出来,这些"丧家犬"是在给自己壮胆。

12月1日天亮前,同学们隐约看见马路上有穿军服的人,三人一组,向国民党军逃跑的方向追去。他们到底是什么人,大家看不清楚,但是与溃军完全不一样,这支队伍静悄悄地往前赶,没有一点喧闹的声音。

很快天就亮了,同学们逐渐看清了,原来是解放军的先头部队进城了。

解放军三人一个战斗组,为了追上国民党军的汽车轮子,轻装前进,用两条腿去追汽车,后来在南岸江边一枪不发,俘虏了国民党军一个武器精良的加强连。

天亮了,重庆解放了。南开中学在护校队的保护下,没有受到国民党败兵的一点儿骚扰,学校设施全部都完好无损。随着解放军的进城,大家又兴高采烈地投入到庆祝解放的活动中去了。

四、 清剿残匪

● 《剿匪布告》指出：各地人民解放军一致行
  动起来，坚决遂行进剿。

● 卢俏言说："县委有个任务，准备派你去完
  成，不知你愿意不愿意？"

● 曾庆康向他们宣布："我们不是土匪，是共
  产党派来的。"

围歼巴县 "九路军"

重庆解放以后，国民党残余的特务匪徒不甘心自己的失败，他们到处纠集惯匪、流氓分子、散兵游勇，进行颠覆新生政权的活动，扰乱社会秩序。

为保障人民生命财产安全和生产建设的顺利进行，西南军政委员会主席刘伯承、西南军区司令员贺龙、政治委员邓小平于 1950 年初联合签署命令，颁布了《剿匪布告》，指出：

> 各地人民解放军一致行动起来，不惜任何疲劳艰苦，以不根绝匪类决不休止的决心，坚决遂行进剿，以期使社会秩序真正获得安定，人民财产真正获得保障，生产事业能真正进行。同时，望各阶层人民团结组织起来，发挥自卫能力，协同人民解放军一致奋起剿灭土匪，保卫生产，保卫人民和国家的一切财产。

1950 年 1 月 25 日，根据西南军区、川东军区指示，璧山地委发出通知，决定由璧山军分区和十二军三十五师共同组成璧山分区剿匪指挥部。并根据土匪活动的具体情况，分别成立巴县、江津、恭江联防剿匪指挥部；

永川、大足、荣昌联防剿匪指挥部；璧山联防剿匪指挥部，统一该地区的武装，进行剿匪斗争。

各剿匪指挥部门成立后，立即将剿匪任务当做首要任务来抓。

当时，重庆城区邻近的巴县、南川、铜梁等地规模最大、匪患时间最长，直接威胁着重庆安全的，要数距离重庆城区最近的巴县一股号称"九路军"的土匪。

这一伙土匪武装组织是由曾任国民党师长、团长等职的王嘉谋、龙登波等人组成的。巴县解放后，他们盘踞在巴南区永丰寺一带，经常到邻近的巴县、南川、綦江、江津、合江、铜梁等地活动，攻打县、乡政权，杀害革命干部，无恶不作。

巴县联防剿匪指挥部组织了几次对永丰寺匪患的围剿，但都没有成功，为此，指挥部将匪情通报给了重庆南泉驻军和川东军区。

3月15日，军区部队一〇三团一部约600余人，在陈政委、郭参谋长率领下，向匪巢永丰寺进发。

永丰寺本是一处寺庙，地处巴南区石滩镇双寨村，海拔1000米，毗邻南川、綦江，这里山高林茂、地势险峻，常年云雾缭绕，易守难攻。

3月21日晚，巴县县委葛维屏部长和王界平区长偕同区干部石茂勋、罗载隆、郝本宁等人，随一〇三团部队一起，围攻永丰寺。

战斗于第二天早上打响，时间不久，土匪就想夺门而逃，王界平区长当机立断，亲率勇士5人，冒险逼近墙根，堵住他们的去路。

枪炮声中，只听土匪在永丰寺内连叫："菩萨保佑，菩萨保佑。"

王界平见此情形非常生气，大喊："缴枪不杀！"

土匪听见喊声，停止了祷告，打出一排子弹。王界平闪身躲开，并顺手将手榴弹投进院内。

随着院子里一阵轰响，里面的求神拜佛声立即变成了哭爹喊娘的叫唤。

这时，我剿匪部队强行从四面攻入门内，战斗很快结束。"九路军"副司令李峨生、匪参谋长郭文修以下300余人被活捉，缴获枪支100多支。

但部队在清理战场时，却没有见到"九路军"总司令王嘉谋。经审讯俘虏，得知匪"九路军"司令部已迁至距离重庆50公里的太和乡附近，他们还招认，司令王嘉谋、副司令龙登波等将于本月28日在该乡举行军事会议，商议近期对周围的乡镇实施暴乱活动。

根据俘虏提供的情报，我军指挥部随即作出进攻太和的决定。

3月28日午夜，我一〇三团剿匪部队分三路出发，左右两路由武工队员刘国梁、刘继尧带路；王界平区长和新上任太和乡乡长方华荫以及区干部王正伦等走中路，向天井坪南门挺进，直插太和附近的田家湾待命。

第二天凌晨，刘国梁带领的左路先头部队首先打响战斗，尖兵排迅即逼近太和义学炮楼高地，一阵强攻，消灭了炮楼上的守敌，占据了有利地形。

尖兵排再向四处出击，匪军闻风丧胆，滚下山岩，往东山逃命。

我右路军在刘继尧的带领下包抄过来，在杨家屋基、长五间等地之间的开阔地带，展开围歼战。

这次围歼战，我剿匪部队在太和街头打死打伤土匪10多人，活捉匪司令王嘉谋以下匪徒250余人。部队为执行"首恶必办，胁从不问"政策，除王嘉谋外，地区司令卢星洲、匪营长彭文榜等25名匪徒就地枪决，使"九路军"土匪士气受到重创。

太和战役之后，漏网的匪首龙登波、王宏基等带领残余土匪向巴县、南川、涪陵边境逃窜。剿匪部队紧追不舍，至姜家区的清和、天赐地区，歼灭匪霸刘大同兄弟，在南川的白沙、涪陵、格兜滩等地，又歼灭顽敌一部。

匪首王宏基及贴身匪徒等9人走投无路，钻进山洞顽抗，也被歼灭。

4月下旬，我剿匪部队经过坚壁清野，搜山查户，生擒匪首龙登波及涪陵匪首反动会道门头子吴锦澄以下土匪近千人。

至此，为害3个多月的巴、南、涪三县边区的匪患全部平息。

清剿残匪

平息石柱土匪叛乱

1950 年春节前夕，正当重庆市石柱县人民怀着胜利的喜悦，准备欢庆解放后第一个春节的时候，潜伏在该地区的国民党反动势力却制造了震惊川东的桥头"腊二九"土匪暴乱。

石柱土家族自治县位于重庆市腹心地带，南接彭水、黔江，西邻丰都，北濒忠县、万县，东连鄂西山川。

桥头为石柱四区区公所所在地，离县城 35 公里，多年来为豪绅杨家所盘踞，号称"桥头国"。

"腊二九"暴乱是由国民党中统特务陈益寿一手策划的。

陈益寿，石柱城关镇人，国民党中央行政院部科员，中统通讯员，曾任四川军阀陈兰亭部少校副官，解放前夕为石柱"青年社"首领，县政府建设科长，与四川军阀和虞庭匪部都有密切联系。

1950 年 2 月 15 日，是农历腊月二十九。

这天凌晨 5 时左右，陈益寿游说土匪头子谭绍奎、王炳成、余万富、刘绍元、王朝炳、毛世玉等率土匪和被其胁迫的群众共 780 余人，包围了第四区区公所，"腊二九"土匪暴乱开始。

不久，土匪从四面向桥头发起进攻，土匪头子谭绍奎、王炳成带领佘德瑜护院、保镖，胁逼田坂、玉坪一带群众数百人从羊角寨扑向桥头场；余万富、刘绍元率官田、中益土匪从大寨坎、马鹿山一路杀气腾腾地扑来；王朝炳带人驻守铧头嘴寨门，以阻断我新政府人员的退路；毛世玉率百余人在桥头场外接应。

一时间，枪声大作，土匪狂呼着"打进区公所，活捉共军领导"、"消灭解放军，杀死征粮队"、"开仓出粮，人人有份"等反动口号，像蝗虫一样扑了上来。

当时，石柱县第四区仅有6名干部和12名三兵团督粮武装战士及20名征粮工作队员，尚未建立区中队，这38人要负责全区9个乡60多个村的征粮工作，力量非常薄弱。

数日前，第四区的征粮困难引起了县委重视，县委对土匪的动静亦有所察觉，所以于2月13日调遣富有战斗经验的县大队一中队前往协助。

14日晚，前往沙子、栗新等地剿匪的一中队战士在一昼夜往返100多公里山路后返回桥头，都已疲劳至极。

面对突然事变，区委马上组织人员分兵阻击，一中队指导员侯勇带领一中队一排坚守三多桥，阻击马鹿山之官田、中益来匪；中队长李志彦带领二排，扼守下场口碉堡，阻击羊角寨之谭绍奎股匪；三排负责防卫区委。区征粮队队长王玉琨、秦枢延带领三兵团督粮战士在离桥头场半公里远的白塔抗击余耀武、马富兹等来匪。

双方相持至上午8时，由于敌我力量悬殊，加之敌

清剿残匪

情不清，区委遂决定撤退至区公所对面的乌塔山堡，后经赵山、瓦啄溪，翻蝉腰子，过凉风垭，向县城撤退。

当区委干部撤至大河乡川主坝时，又遭当地惯匪黎克勤、袁德主所率股匪的袭扰，征粮队和一中队反击，交战不到半小时，便打退了这股土匪，于傍晚时分安全抵达县城。

桥头激战中，三兵团战士左汉春、刘福元因伤掉队躲进一砖瓦窑洞里，中午时被土匪发现，惨遭杀害于观音洞。另一战士刘洪恩因腿部负伤未能及时撤走，遭土匪冯玉金用木棒毒打后，又被土匪谢代荣杀害于渡口河坝，征粮队工作人员马宽德和一中队战士谭正兴也在此战中献出了宝贵的生命。

一时得逞的土匪如潮水般涌进区公所和粮库，劫走公粮1万余公斤和新旧枪支40余支，损毁公物无数。

在桥头暴乱发生的同时，中益、沙子、龙沙都发生了土匪暴乱，中益土匪以谭现龙、文现龙、谭文和为首，胁逼群众100多人包围乡公所，杀害县大队一中队副班长周登禄，抢走征粮用枪6支。

龙沙匪首向朝臣带领陆云权、刘崇晏等20余名土匪，在大沙场杀害了第三区区中队战士谢少东、李和贵。

沙子匪首张绍禹、陈克洛一伙将留守沙子粮仓的第四区区委组织委员、西南服务团干部冯令书捆绑吊打后拉到河滩用乱石砸死。

这一时期，整个第四区及毗邻乡、镇鸡飞狗跳，群魔乱舞，乌烟瘴气。

与此同时，临溪乡的崔会哺、崔铭、崔吉双等人，秘密串联，组织反动武装"钢卫团"，与余显章股匪遥相呼应。

凤凰乡的欧阳岚、冯极辉、朱元其和忠县罗万民、罗天福勾结，联络忠县、丰都"刀儿教"，成立"中国国民游击司令部"，即"九江兵团"，欧阳岚自任司令，并刻制了"中国国民游击司令部"大印，颁发委任状 19 份。且与酉阳八面山度贡庭取得联络，伺机而动。

当天 14 时许，县委获悉了桥头暴乱的消息，马上召开紧急会议，研究剿匪事宜。并当即决定，由县委副书记查海波、一〇八团一营营长段振华、十一军三十一师李处长组成石柱县临时剿匪指挥部。同时派刚到不久的中国人民解放军十二军三十六师一〇八团一营两个连火速出发，赶赴桥头，平息匪乱。

晚上，县委听取了撤退回来的同志的详细汇报。第二天凌晨，县委副书记查海波就带着一〇八团一营炮兵连、县大队一个中队和桥头撤回来的同志重返桥头，增援先头部队。

县长秦禄廷、柯华山坐镇石柱，指挥公安局等武装人员网捕县城中的敌特分子，粉碎县城敌特的暴乱阴谋，控制全县局面。

暴乱的土匪本是乌合之众，绝大多数人是受蒙蔽或者是被胁迫来的农民群众，在一〇八团一营的强大军事

清剿残匪

压力和政治攻势面前，他们人心惶惶。

中午时分，当他们看到查海波率领浩浩荡荡的人马来到桥头，得知石柱县城安然无恙，并未像陈益寿吹嘘的那样全县同时暴动时，大多数人后悔上当受骗，故一战即溃。傍晚时分，谭绍奎、毛世玉带领部分匪徒向大何方向逃窜，投靠黎克勤；余万富也仓皇逃归官田老巢。

县委始终遵循"首恶必办，胁从不问，立功受奖"的原则，在军事追剿的同时，十分注重政治攻势。

部队战士和工作干部每到一个乡村，就召开群众大会、保甲长会、开明士绅会、小学教师会、妇女会等各种会议，讲解我党的宗旨和剿匪的政策，讲明我军的力量强大，揭露土匪的阴谋，宣布匪首的罪行，告诫大家不要通匪留匪，要积极向政府报告匪情，协助剿匪。

战士们还到处书写标语，印发传单，或采取给匪首写警告劝导信、喊话等方法分化瓦解匪众。

有的地方，土匪将群众胁迫上山。指挥部一方面找当地民主人士，通过关系把老百姓叫回来；一方面派部队化装成便衣进山把老百姓找回来，接受教育。

在中益乡剿匪时，部队对着山上打炮，一个老婆婆看见后，望着山头流泪，原来他的儿子也在山上当土匪。指挥部见此情景向她说明利害关系，让她劝儿子回家自首。不久，她果然上山喊回了儿子。

另有两个老百姓参加完群众大会后，也立即上山喊回了当土匪的亲属。这种攻心战，造成了土匪内部的分崩离析。

3 月初，根据川东地区行署的统一部署，县委成立了"石柱县剿匪指挥部"，秦禄廷任指挥长，查海波任政委，一〇八团一营营长段振华任副指挥长。

在我部军事清剿和政治攻势同时作用下，从 2 月 15 日起至 3 月 15 日止，土匪除被歼者外，纷纷缴械自新，被匪裹胁和逃亡的群众也纷纷回家从事生产。

这段时间里，共缴获叛匪机枪 4 挺，短枪 8 支，步枪 70 余支，土枪二三十支，冲锋枪 2 支，活捉匪众 120 余人。

谭绍奎、毛世玉等人在我清剿大军的追击下，伙同大何乡惯匪黎克勤、袁德方，东奔西跑，整个正月，都流窜于大何、蚕溪、沙子、新乐、洗新、全铃一带的深山密林之中。

这天，当他们来到全铃乡赵家湾时，遭到我剿匪部队的迎头痛击，凶焰大刹。在走投无路之际，4 匪首决定投奔马武乡大恶霸陈攸林、刘雨时。

马武乡是石柱东南方的一个山区乡，地处石柱、丰都、黔江、利川、彭水之要冲，历来为匪盗出没之区。

2 月 20 日，桥头暴乱的消息传到马武乡后，陈攸林立即上街与刘雨时密谈，并派遣谭方才等人前往粟新、黄水、悦来、大沙、大何、蚕溪等地打探消息，密切观察动向，积极准备暴乱。

3 月 21 日，谭绍奎、黎克勤等土匪四五十人从新场过黄鹤，哄抢粮仓，抓走我征粮干部二人后，开到马武乡，时称"蓑衣兵"。

当天下午，刘雨时设专宴招待来匪，为其接风，他们成立"人民自卫救国军"，一致推举刘雨时为大队长。

当晚，众匪又重新决议番号为"川鄂人民自卫救国军"第九大队十一、十二中队。马武乡股匪为十一中队，中队长谭绍兴；桥头等地股匪为十二中队，中队长谭绍奎。

第二天，这些土匪们又通知全乡开会，进行反动宣传。用"共产党长不了"，"蒋经国九路军能战胜八路军"，"我们要把征去的粮食还给大家"，"我们的公约是：饿死不抢粮，冻死不进房，苦死不拉夫，打死不投降"的反动言论迷惑不知情的群众。

同时，刘雨时还派谭绍奎、陈文平带人到黄鹤乡盗卖公粮 500 余公斤。23 日，刘雨时又召集马武乡全乡 100 余名青年，各带刀矛火枪进行编队。24 日，他又召集各保青壮年到马武乡禹王宫开会，不到者罚火药 1 公斤，实则是组织集体抢粮，破坏政府的征粮支前。

同一天，张绍禹和湖北利川邓朝宣率股匪 20 余人窜到马武乡，与刘雨时会合。

在洗新、黄鹤一带检查工作的二区区委委员郎中文发觉了土匪的行动，他迅即返回区公所，向县委汇报。县剿匪指挥部马上派出一〇八团一营三连和二区区中队奔赴马武乡，清剿土匪。

为有效地打击敌人，我部分为两翼，一翼以20余人化装成背力夫，从擂鼓三台到黄鹤直插马武乡腹地。一翼由郎中文带路从来佛山包抄马武乡。

3月24日10时许，正当土匪抢粮高潮时，我部以迅雷不及掩耳之势，冲向匪群。站在清明山上放哨的土匪，赶紧鸣枪报信，还高呼暗语："兄弟们，牛儿的缰绳拉断啦!"

坐镇指挥的匪首刘雨时及众匪徒知道剿匪部队来了，吓得屁滚尿流，仓皇逃窜。

我部战士乘胜追击，一直追到清明山下。

土匪逃远后，我部又立即返回马武乡，布置可靠群众注意土匪动向，及时联系，便离开了马武，退到黄鹤乡。

果不出所料，3月27日深夜，土匪大部又返回马武乡，抢得大米二三百公斤，正在土匪们搬运大米的时候，我部从黄鹤回马一枪，打得土匪抱头鼠窜，夺回了被土匪抢走的全部物资。

借着夜色，土匪兵分几路向湖北、彭水一带溃逃而去。

部队在马武乡广泛宣传党的各项政策，揭露土匪罪恶，安定社会秩序，恢复发展生产，巩固乡村政权，继续开展征粮工作。同时强化训练区中队，增强战斗力。短时间内，人心得以安定，局面基本控制，被抢去的粮食也大都归还了政府。

清剿残匪

3月28日，解放军一〇八团一营三连指导员张胜永写信给土匪头子刘雨时，劝他们放下屠刀，重新做人。但顽固不化的土匪反说共产党是搞欺骗政策，不能上当。要拼个你死我活，才肯罢休。并规定，私自逃回家自新者，枪杀勿论。

29日，刘雨时、谭绍奎率领土匪60余人前往彭水林棠乡，投靠彭水土匪司令魏隆乾，共同商定在张家坝建立区署，并选举魏隆乾为土匪总司令。

但是，就在这些家伙还来不及再次做出动作的时候，我彭水清剿部队得到了消息，并迅速围歼了魏隆乾匪部。

战斗中，股匪司令魏隆乾被当场击毙，刘雨时赶紧率残匪回到马武乡。

4月11日，刘雨时指派谭绍奎、谭厚方带一帮土匪及马武乡六保受迫群众100余人，哄抢都会乡公粮。

在此间，陈攸林委派马绍南、马伯兹、田为正、宋光辉赶做了一门大炮，准备与解放军决一死战。

4月13日，土匪强迫马武乡六七百名青壮老百姓和原有的100多名匪徒，设伏于马武乡一保大青冈树山沿上。大青冈树山地势非常险要，地处马武、木坪之交。

股匪总指挥谭绍奎埋伏下炮及数挺机枪，两边翼以数十支步枪虎视眈眈。同时，派出一个农民跑向我部谎报军情，说今天早上有50余个土匪，明火执仗来到他家，强行要煮饭吃，请部队立即前去捉匪。

这时，张指导员、王连长正吃早饭，一听群众遭抢劫，立即召集部队，命令一个步兵排分两路前进，炮排做好应战准备。当部队行进到马武乡下场口杨柳湾桥边时，一个放哨的土匪按捺不住，首先鸣枪报警。

我战士一听到有枪声，料知其中有诈。而报信的人这时也不知去向，肯定情况有变。部队领导一合计，又立即增调另一个步兵排，全力攻敌。

我部的小钢炮首先发言，弹无虚发，弹弹落在土匪潜伏地带，打得土匪抬不起头来。

我步兵战士一鼓作气，成扇状迅速接近敌人，对土匪展开猛烈进攻。惊慌失措的土匪还未点燃火炮，就拔腿溃逃了。

晌午时分，战斗遂告结束。我部生擒土匪16名，缴获土匪重型武器青冈炮。被击散的匪徒分道扬镳，黎克勤、袁德方率队回大何，后在蚕溪的石利边境一带会合马祥明一起活动。

匪首刘雨时只身躲到彭水亲戚家，1个多月后才出来活动，陈攸林、谭绍奎、毛世玉则带领残部窜到彭水周南乡大窠沟，投靠了湖北匪首刘朝觐。

刘朝觐部是利川的一股顽匪，有枪102支，陈攸林部加入后，有枪120支。

4月29日，匪众在大窠沟开会，整编队伍。议定番号为"中国人民自卫救国军"，推举陈攸林的儿子陈文平为司令、刘朝觐为大队长、陈攸林为参谋长、谭绍奎为特务中队长。

就在当天，陈文平匪部接到刘雨时的特务长谭厚芳派人送去的信，说马武乡共产党军队已走，防务空虚，请他把队伍拉回去攻打乡公所。众匪闻信，欢呼雀跃，以为发财的机会到了。

土匪们连续两天急行军，于5月2日早晨包围了乡公所。当时，乡公所只有刚到几天的一〇八团三营各连抽调来的1个排的兵力，但他们训练有素，作战顽强，有很强的战斗力。

他们分成3个小组，中队长杨和廷带一个组扼守场背后碉堡，指导员赵文浩带一个组扼守上场口碉堡，下场口战壕派一个组。三处各自为战，又互为掎角。双方从凌晨激战到13时左右，敌人虽为数众多，发起了9次疯狂的冲锋，但我军顽强抵抗，阻敌于防线之外。土匪无可奈何，又不敢恋战，便抬着死尸再次败北。

在桥头暴动后被我军追剿的另一股匪头目余万富跑到湖北躲藏1个多月后，又潜回黄水乡，与匪首余显章、沈昭品等人一道组建反动武装，推举余显章为总司令，沈昭品任总队长兼参谋长，他们派出爪牙伪装成商人，到各地打探情报。

此时，匪众有枪50多支，80余人。

5月24日，余显章接到黎克勤、秦鉴涵派人送来的信，说石柱城内已无解放军，请他们火速进攻县城。

可是，在他们的进攻行动还没有开始时，我川鄂湘黔4省边区各县联合剿匪部队就已经组建完毕了。

剿匪部队统一暗语，统一联络，协同作战。在石柱境内从黄水到马武乡展开"拉网梳篦式"的清剿土匪行动，当部队搜到黄水境内时，正好碰上余显章股匪，将余显章股匪一网打尽。

顽固到底的余万富又收拾残匪30余人，窜到利川长顺乡余帆家，再次重新组织土匪。

6月底，川鄂湘黔四省边区各县联合剿匪部队的第二次行动开始，以野战部队为主，地方武装分片包干，结合戒烟禁毒、铲除社会残渣等，双管齐下，反复清剿。

在利川边境冷水浸石家垭口，我恩施剿匪第八团和石柱县大队在利川边境联合作战，一举击溃了这股顽匪。

至8月底，匪首王炳成、余万富、刘绍元、王朝炳、毛世玉等顽匪纷纷缴械，落入法网。

历时半年多的平息石柱土匪叛乱，经历大小战斗100多次，自新土匪2738人，缴获各种枪支共1252支，各种枪弹2万余发。

1951年3月18日，石柱一区区中队和大何乡上千群众密切配合，围歼了顽匪黎克勤。

4月中下旬，最后一个匪首谭绍奎被围困在桥头乡瓦屋村三社肖家岩的一个山洞里达数日之久，26日，谭绍奎与帮凶胡兴贵畏罪自杀于山洞内。

至此，石柱人民的剿匪斗争取得了全面胜利。

清剿残匪

打入匪窟生擒匪首

1950 年 3 月 25 日 9 时，重庆市巫山县政府在县礼堂召开干部大会，宣布了一个惊人的消息：原县委干部曾庆康和苏敦厚叛变潜逃了。县委通知县城、大昌、龙溪等地戒严搜捕。

听到这个消息，有的同志气愤地把他俩的被盖、衣物撕得稀烂，有的高喊要活捉叛徒曾庆康和苏敦厚。

当时，原国民党军营长王品章有 30 多人驻在巫溪县谭家乡。另有原国民党天池乡乡长陈希云带有 100 多土匪驻在奉节草堂。

3 月 28 日，曾庆康和苏敦厚跑到谭家乡找到王品章的手下廖启元说，他们因受苏敦厚的大哥、县大队长苏泽源私自藏放枪支牵连而叛变潜逃，想加入王品章的队伍，求得保护。

廖启元向王品章汇报后得到了同意接受曾、苏二人的请求。

第二天，廖启元带着曾庆康和苏敦厚来到王品章处，廖指着王品章说："这是'横'大哥，"又指着曾、苏二人说："这是老曾和老苏。"

王品章满脸杀气地问他们："你们为啥来干这一行？"

曾庆康说："大哥苏泽源被押，政府怀疑我们与他有牵连，也要把我们押起来。我们知道了风声，就带枪逃跑了，这几天连天日也不敢见。"

王品章"哦"了一声又问："你们莫不是共产党的探子？如果不讲实话，就别想活着回去。"

旁边的一个土匪说："横大哥，他们逃跑是真的，前几天龙溪镇戒严，挨家挨户地查找他们的下落，我听说曾庆康家门口还有共产党的人放哨等他们上钩呢。而且，苏泽源也确实是被共产党的人给押起来了。"

曾庆康接着说："解放前我是乡公所干事，共产党来了，我就等于埋了半截，无路可走，才投奔王大爷，若不相信，我可以向天发誓。如果我说了假话，你们尽管'白刀子进，红刀子出'！"说着，曾庆康举起了一只手。

王品章态度缓和了些说："好吧。我就暂时相信你们，但是你们要是有二心的话，可别怪我今后手下无情！"

苏敦厚立即赔着笑脸说："横大哥，你是知道的，共产党坐天下，有我姓苏的好日子过吗？大哥如能拉我们一把，我们是会报答大哥搭救之恩的。"

随后，王品章让手下人提来活鸡和曾、苏二人喝了鸡血酒，结拜成兄弟。

仪式完成以后，王品章向曾庆康和苏敦厚传授了土匪的黑话。如吃饭叫"造粉子"，姓"王"的兄弟叫"横"，姓"廖"叫"丢"，姓"曾"叫"搬"，姓"苏"叫"蓖"，"放哨"叫"堵水"，"进屋"叫"滚堂子"，

"捆人"叫"麻花下锅"等等。

饭后，王品章把曾庆康和苏敦厚带到一户人家，从粪坑里捞出一支步枪，擦好后给苏敦厚使用，把曾庆康交的手枪也还给了他。这样，他们就正式加入土匪的行列了。

第二天傍晚，王品章亲自带着他们夜行10多公里，到了奉节县境内的板槽坪一户姓熊的富农家里。在路上，王品章让曾庆康和苏敦厚走在最前面，并不准他们向后看。起初，曾庆康以为王品章要对他们下黑手，内心吓得要命，但表面却装得若无其事。

到了熊家后，一个匪徒吩咐："老搬、老蔑堵水，老丢滚堂子，老花（谢）老烟（陈）加楔子（抓）。"

安排完毕，王匪一声令下，"加楔子"的就打门，屋里传出了哭声，并有两支土枪还击。

曾庆康和苏敦厚在路口"堵水"，听见有人吩咐"滚堂子"，说着又有人吩咐"坐喇"（将人捆在桌子上）、"装坛引"（把人丢在坛子里），哭声呼救声不断传出。

曾庆康悄声对苏敦厚说："这是在考验我们呢。不要心软。"

他们俩进屋一看，一个壮年男子已倒在血泊中，另有两男一女被捆在桌子上，一个小孩被丢在坛子里。

王品章见曾庆康和苏敦厚在这次行动中很听话，对他们的疑心消除了，也不派他们出去抢劫了，还和他们坐在一起分享抢来的东西。

王品章直言不讳地对曾、苏两人说："我们抢劫是假，借此扰乱共产党的社会治安，杀回巫溪城才是真。"

20 多天后，曾庆康说 4 月 19 日是他父亲的生日，他要趁黑夜回家给父亲拜寿，王品章同意了。

当晚，由一个土匪护送曾庆康上路。曾庆康一夜走了 45 公里路，于第二天上午 9 时到巫山城外，住进了小东门一家客栈。

他正在登记，忽然碰上他在原地干班培训时的同学小杨，他怕走漏风声，立即把小杨拉进他的房间，请他去告诉县委领导王佩甫，说他回来自首了，请王佩甫来见他。

小杨出去后，曾庆康怕他带解放军来抓自己，也跟着出去，站在县府门前岔道口一家低矮茅屋檐下，盯着小杨的去向。

小杨到县委向王佩甫报告后，县委没有立即和他去找曾庆康，而是县委领导王佩甫亲自去了小东门的那家客栈。

原来，曾庆康和苏敦厚是县委领导王佩甫暗中派到匪窝的两个"卧底"。巫山县解放初，原国民党奉节县参议长王增琪、天池乡乡长陈希云、巫溪县谭家乡潜藏的国民党军少校营长王品章等，纠集一些原国民党军政人员，煽惑、裹胁群众 1000 多人，盘踞在奉节的草堂、天池和平山的堡子山、上安一带，四处抢劫扰乱民心。

群众因受国民党反动宣传的影响，对共产党的政策还

清剿残匪

存有疑虑。巫山县委、巫山县人民政府为了消灭这股土匪，制订了"打入虎穴，擒贼先擒王"的剿匪平暴计划。

早在 1950 年 3 月中旬的一天下午，县文教科长卢俏言便找到曾庆康谈话。

他问曾庆康："苏泽源被关押了，你知道吗？"

曾庆康吃惊地说："他是县大队分队长，怎么把他关起来了？"

卢俏言说："他参加地下党游击队打巫溪回来后，私藏了一支手枪。这是思想反动的表现，所以把他关起来了。人嘛，一时糊涂，做错事难免，只要坦白交代，改过自新，党会给他宽大处理的。"

他接着说："县委有个任务，准备派你去完成，不知你愿意不愿意？"

曾庆康说："保证完成任务。"

卢俏言说："这个任务很艰巨，还有生命危险，你接受就说，不接受就算了，你考虑好以后再说。"

曾庆康当即向他说："不管是什么任务，只要是为人民，我就是掉了脑壳也是死得其所。"

于是，卢俏言向曾庆康交代任务说："当前，巫山边境到处遭到土匪骚扰，我军打了两仗均未见成效。现石专员批准打入虎穴的计划，决定派你和苏敦厚假装背叛共产党，投靠土匪，打入土匪内部，并相机消灭他们……"

就这样，后来就发生了曾庆康和苏敦厚"叛变潜逃"

的故事。

4月19日，曾庆康抽了个"他父亲生日"的时间回县里为王佩甫汇报他这段时间的调查情况。

王佩甫担心小杨将此事声张出去，就由县委组织部长杨华真将杨留在县委办公室，自己独自去找曾庆康。

曾庆康在神不知鬼不觉的情况下跟王佩甫到了县委后，王佩甫才假意和小杨一道来客栈找曾，当然也就没有找到人。

王佩甫向小杨说估计是曾庆康又跑了，并再三嘱咐小杨不准外传，以便暗中对其进行追捕。

曾庆康被王佩甫暗中带到县委后，向巫山县委书记张增等汇报了自己这些天在匪窝的工作情况，领导们与他研究了下一步的工作。

杨华真最后嘱咐曾庆康说："你一定要划清土匪骨干和被胁迫的群众的界限，要经常找被土匪胁迫的群众谈话、交朋友，把他们团结在你的身边，到时候他们才好跟着你走。"

曾庆康说："好的，部长，这个问题我回去立即办。"

杨华真想了想又说："为了不引起他们的怀疑，土匪抽大烟，你也吃几口；土匪骂共产党，你也要跟着他们骂，你要记住，你去他们那里是去当土匪的，既然当土匪就要当得像，他们干嘛，你干嘛！知道了吗？"

曾庆康点点头说："这方面我会注意的，我也会告诉苏敦厚这些细节。"

清剿残匪

其他的县委领导也跟曾庆康交代了一些注意的事项，曾庆康也一一记在心里。

4月21日凌晨，曾庆康悄悄出城，并于当晚10时回到匪部。

4月23日，县委领导根据另一个打入王增琪匪部的"卧底"提供的匪窝详情，首先收拾了奉节地区的土匪，将匪首王增琪活捉。

战后，原国民党奉节天池乡乡长陈希云、乡队副冉瑞凡以及王伯祥、许益生等匪首在混乱中逃走，并跑到了谭家乡王品章匪部。

经过计议，王品章决定带着自己的队伍于4月26日向湖北竹溪逃跑。

24日，曾庆康和苏敦厚说要出去抢点盘费，以做逃跑之用，接着便飞速跑到大昌区公所，找到了区长齐守法、吕民选，说有情况报告。

他们只知曾庆康和苏敦厚是被通缉的"叛变分子"，就先命人把他们看守起来，然后打电话向县委汇报。

区长齐守法等人同县委通完话后，就马上办酒席招待了曾、苏二人，并商定了里应外合的灭匪策略。

当天，驻大昌区的八连连长郭连柱带了一个排到龙溪分散埋伏好。曾庆康则回到匪部，假装惊慌地向王品章报告："涨水了，听说长溪河来了解放军，怎么办？"

王品章当即通知另外几个土匪头子陈希云、冉瑞凡，以及苏敦厚、曾庆康，马上到偏岩洞研究对策，又叫土匪找点菜油带去擦枪。

正在这时，曾庆康、苏敦厚和那个擦枪的土匪大声喊道："不准动！"并一齐把枪口对准了王、陈、冉三人。

王、冉赶忙跪下哀求说："我拥护搬大哥，请饶命。"此时，他们还以为曾庆康想当土匪头子呢！

陈希云是个玩枪老手，他见此情况拔腿就跑，边跑边把盒子枪上好。苏敦厚紧紧地跟在他的后面，在追了两三公里路后，苏敦厚把陈希云击毙在了岩墩上。

曾庆康叫人将王、冉二人捆了，通知土匪们到沙坝子集合开大会，当场收缴了长短枪20多支，子弹200多发。

匪徒们见此情景，都表示："我们拥护搬大哥。"

曾庆康向他们宣布："我们不是土匪，是共产党派来的。你们多数是贫苦农民，是被土匪头子逼来和骗来的。你们应该觉悟，共产党的目的就是要解放广大劳苦百姓，你们要跟着共产党走。"

曾庆康和苏敦厚抓获主要匪首后，根据1个月来了解到的情况，当场将被裹胁的群众释放回家，将20多名土匪骨干分子押到龙溪乡政府，交给解放军。

就这样，埋伏在龙溪附近的解放军还没有得到曾、苏二人的"里应外合"信号，他们自己就把这股土匪全部消灭掉了。

同年6月下旬，巫山县委召开了"剿匪总结评功大会"，曾庆康和苏敦厚各记二等功两次，并当场发给奖状、奖品。

清剿残匪

激战马鞍山

地处西南边陲的重庆市秀山土家族苗族自治县，是渝黔湘鄂四省、市边界结合部，地势险要，情况复杂，匪患丛生，历来为兵家必争之地。

1949 年 11 月，中国人民解放军以排山倒海之势席卷大西南，使秀山县迎来了解放。然而，国民党反动派不甘心精心构筑的"西南反共基地"的失败，他们派来国民党第八区专员庾庭从重庆返回酉阳，召集酉阳、秀山、黔江、沿河等地土匪头目，组成"川黔湘鄂人民救国军"，委任秀山土匪头子杨卓之为该军第八纵队司令。

这些家伙倚仗着人多势众，妄想与我新生的人民政权抗衡到底。他们肆意破坏道路交通、通信设施，攻打血洗各级人民政府，坏事做尽，十分猖狂。

为了巩固新生的人民政权，清除匪患，涪陵地委、川东军区决定：增派军区作战部队九十五团，会同酉阳军分区一团，协助秀山军民剿匪，组建"秀山剿匪指挥部"，全面开展军事进剿。

经过近半年的追剿和驻剿，秀山境内各路土匪遭到沉重打击，杨卓之的第八纵队溃不成军。

1950 年 8 月 5 日，杨卓之去贵州出席"沿婺会议"，加入陈铨的"川黔湘鄂人民自卫军"。他们回秀山后，召集各路土匪组建"秀山人民自卫军",裹胁9000多人,并精心策划"马鞍山反攻战线",借机向我军全面反扑。

马鞍山战线,是秀山县城的屏障地带,从龙凤马鞍山主阵地经清溪、贵图至官庄、红岩一线,约25公里。主阵地以西是秀山通往贵州甘龙、沿河的咽喉要道。

激战前,杨卓之同贵州国民党三二七师师长彭景仁、三二八师师长蔡世康、松桃土匪头领陈友瑞、高竹梅一伙,在马鞍山主战场集结1500多人,有轻重机枪19挺,六〇炮2门,指挥部设在马鞍山以南的佛山。

兵力分布:马鞍山以南龙塘坡、大环路一线主攻阵地,匪前线总指挥刘正清率部千人待命;西侧正面战场,匪首杨晋川率200多亡命徒打主攻;北侧客寨坡,匪首陈友瑞率本部200多匪徒打接应。从南、北、西三面对我龙凤守军形成钳形包围态势。

离马鞍山主战场8公里处的清溪栏杆洞,匪首简国安率300多人埋伏,阻断县城的增援部队。匪首熊子云带匪徒埋伏于秀城东面官庄、红岩一线,与潜伏在贵图附近的陈光佩匪部相呼应,伺机攻取县城。在龙池妙泉沿川湘公路一线,匪首石维涛率部占据有利地形,以阻止来自酉阳、龙谭的援兵,并捣毁电话线路截断通讯联络。

我人民解放军剿匪指挥部,根据准确情报,对敌人的险恶阴谋早已洞察。酉阳军分区政委梁岐山亲临秀山督战。一营教导员王恒珍与二营营长李有才具体指挥这

清剿残匪

场战斗。对兵力和战术作了周密部署，仅龙凤主阵地就集中了第一、第二两个营的兵力。

其兵力分布：两个营大部兵力摆到马鞍山一线后，另作三路分遣：一营二连驻扎贵图，预防北路土匪偷袭县城；二营1个排驻守清溪，与龙凤区中队协同作战，阻止南路匪徒窜犯，保护区公所安全；另1个排埋伏于客寨桥头，监视阻击客寨坡匪徒。

1950年9月2日，我部队实施第一作战方案。

我部队首先派出1个排，保护群众去马鞍山西侧田坝抢收稻谷。在与匪枪战中，一名解放军战士英勇牺牲，但也摸清了敌人的火力点，并让收稻群众安全撤离。

第二天深夜，王恒珍奉剿匪指挥部命令，率部奔袭回星哨，夹击攻打县城的陈光佩匪部。

富有多年作战经验、曾是大别山抗日英雄的二营营长李有才，料到敌人将很快发起进攻，便再次调整兵力：以1个排埋伏于平江河南岸的孔家院、千丘田一线；在马鞍山东侧的黄泥坡、营盘懂、龙凤场街各分驻1个班，各配1挺重机枪、2门八二炮、2门六〇炮对准大环路一线敌军主力；1个排正面攻击马鞍山；其余兵力为机动。各处兵力在天亮前全部进入阵地。

9月4日一大早，天空刚刚转亮，李有才带领1个排冲过马鞍山，抢先占领马鞍山前卫阵地木鱼堡。待匪首杨晋川带领200多匪徒狂呼滥叫地进入我军射程时，我军突然一阵猛烈扫射，击毙敌分队长杨玉坤，击伤中队长杨德宣等 10 多人，众匪徒纷纷逃窜，打退了敌匪正面进攻。

李有才抓住有利时机，率部折回马鞍山，令各处伏兵转守为攻，向龙塘坡、大环路一线之敌的主阵地猛打猛冲，同时，轻重机枪、火炮齐鸣。

顷刻间，枪炮声、呐喊声、军号声响彻山野。

在重机枪、火炮轰击掩护下，排长栾进岗率一班战士朝龙塘坡敌人盘踞的营盘疾进。在靠近敌人营盘时，栾排长中弹牺牲。

战士们英勇善战，终于在打死打伤 10 多个敌人后，占领了敌营盘阵地。敌人凭险据守的干水源、烂水源阵地，同时也被解放军攻下。战斗迅速向敌匪前沿指挥部逼近。

杨卓之一伙见我军全面进攻，便发起疯狂反扑。在杨柳塘、大环路、白鹤岭、观音山一线，居高临下用炮轰击，机枪直射攻击部队和龙凤碉堡。

我军以炮对炮，集中火力猛轰敌指挥所和机枪阵地。战斗空前激烈。

我军战士在干水源阵地把军帽戴在地里的树枝上，吸引敌人火力后，迂回靠近敌杨柳塘机枪阵地，一跃而起，打死敌机枪射手，占领阵地，控制白鹤岭敌指挥所左侧。烂水源阵地的解放军，也从另一面逼近敌指挥所右侧。观音山阵地高竹梅部见我军集中攻打白鹤岭指挥所，妄图偷袭龙凤据点，使我军腹背受敌，却遭到观音

清剿残匪

山大杉树边埋伏多时的区中队密集火力的阻击，12 个亡命徒命归黄泉。

15 时，我军前线指挥部发出命令：全面进攻，消灭还在顽抗之匪徒！

部队战士从三面强攻敌前线指挥部，展开全面战斗。

顿时，机枪、大炮、手榴弹雨点般射向敌阵地，满山军号声声、硝烟弥漫。一颗炮弹中心开花，炸死敌前线总指挥刘正清等人。敌人失去指挥，乱作一团，纷纷溃逃。我军占领敌指挥所。

当马鞍山主阵地枪炮声传向四方时，在栏杆洞设伏的敌副总司令简国安，以为战事得手，指挥 300 多名匪军，分两路进攻我军清溪场据点。刚到栏杆洞前的山堡边，遭到我军二营教导员郭福带领的 1 个排的猛烈进攻，简国安腿部中弹，众匪军护驾逃窜；另一路经白路坡迂回至清溪场据点南面的匪徒，刚接近太平营，便被我军一营增援部队击溃，抓获 10 多名俘虏。设伏窥视秀山县城的数千各路土匪，闻风丧胆，不战而逃。

马鞍山激战，从 9 月 4 日凌晨开始到天黑胜利结束。

共击毙土匪大队长前线总指挥刘正清和分队长杨玉坤等 125 人；伤敌副总司令简国安、中队长杨德宣等 100 多人；缴获轻重机枪、步枪等各种枪支 60 多支；俘匪 32 名。

马鞍山激战的胜利，极大地鼓舞了秀山军民的斗志。此后，秀山开展了大规模的清匪反霸斗争，杨卓之、简国安、陈友瑞等顽匪纷纷落入法网，受到了人民的惩处。

参考资料

《南国大爆破》 陈宇著 河南人民出版社

《中南大剿匪》 刘文彦著 湖北人民出版社

《大剿匪》 李伟清等著 团结出版社

《中国土匪大结局》 刘革学著 湖北人民出版社

《中南大剿匪纪实》 彭新云 易忠 李佑军著 解放军
    出版社

《中国大剿匪纪实》 罗国明著 江苏文艺出版社

《国史全鉴》 本书编委会编 团结出版社

《共和国五十年珍贵档案》 中央档案馆编 中国档案
    出版社

《中国现代史资料选辑》 彭明主编 中国人民大学出
    版社

《共和国开国岁月》 张国星 何明著 中共党史出版社

《华夏金秋》 柏福临主编 吉林大学出版社

《中国革命史丛书》 于薇编写 新华出版社

《重庆文史资料总第三十二辑》 西南师范大学出版社

《重庆文史资料总第五十二辑》 西南师范大学出版社